風暴

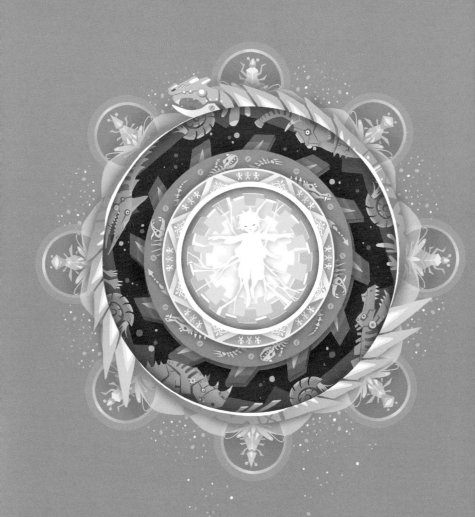

盜火者潛藏於荒野，

在風暴中捕捉閃電，

黑暗是光明的預演，

將火種傳遞到人間，

火焰是星海的寓言，

在詩行中書寫變遷。

阿 多 拉 基

❸

消失的羽翼

郭妮　著　索飛瀾　繪

新雅文化事業有限公司
www.sunya.com.hk

阿多拉基 3
消失的羽翼

作　　者：郭妮
繪　　圖：索飛瀾
責任編輯：陳志倩
美術設計：蔡學彰
出　　版：新雅文化事業有限公司
　　　　　香港英皇道 499 號北角工業大廈 18 樓
　　　　　電話：(852) 2138 7998
　　　　　傳真：(852) 2597 4003
　　　　　網址：http://www.sunya.com.hk
　　　　　電郵：marketing@sunya.com.hk
發　　行：香港聯合書刊物流有限公司
　　　　　香港新界大埔汀麗路 36 號中華商務印刷大廈 3 字樓
　　　　　電話：(852) 2150 2100
　　　　　傳真：(852) 2407 3062
　　　　　電郵：info@suplogistics.com.hk
印　　刷：中華商務彩色印刷有限公司
　　　　　香港新界大埔汀麗路 36 號
版　　次：二〇二〇年九月初版

ISBN: 978-962-08-7602-8
Text Copyright © 2020 by Guo Ni
Cover Illustration Copyright © 2020 by Suo Fei Lan
Simplified Chinese edition copyright © 2020 by China Children's Press & Publication Group
Traditional Chinese edition copyright © 2020 by SunYa Publications (HK) Ltd.
This edition arranged through China Children's Press & Publication Group.
All rights reserved.

Traditional Chinese edition © 2020 Sun Ya Publications (HK) Ltd.
18/F, North Point Industrial Building, 499 King's Road, Hong Kong
Published in Hong Kong
Printed in China

比賽記錄
【銀翼聯盟機甲競技賽】
裁判：＞實習機甲駕駛員【俠膽貓王】
裁判：＞你已進入主題賽場
裁判：＞請等待挑戰者！

挫折與失敗，

是機甲駕駛員成長的必經之路——

縱身一躍！

機甲少年的
決心

♪烏雲般沉重壓抑，
灰色的軌跡沿向遠方……♪

♪於你面言，
我已經錯過了太多……♪

警告！警告！

新的挑戰者出現！

裁判：＞中級機甲駕駛員【閃電之牙】進入競技場！
裁判：＞已戰鬥 1,357 場，勝率 87%。
裁判：＞比賽即將開始。
裁判：＞倒計時，5
裁判：＞4
裁判：＞3

小鬼，説了你
也不會懂！

♪凡事徒勞無功，
思想激流中掙扎求存……♪

轟 隆隆……

雷霆與風沙遮蔽未知的旅途，
回望身後，不見來處。

主要角色介紹

活躍在黑鐵時代的倖存者們

> 身分驗證中……
> 虹膜確認
> 聲紋確認
> 檢索開始……

> 警告！
> 偵測到網絡威脅！

小牛四號

白雲衛士

> 檢索成功 建立檔案

陳嘉諾

原本是天才科學家兼傳奇級機甲駕駛員「黑十字星」。被奧茲曼博士的思維震撼波擊中後，失去了部分記憶，目前正在努力恢復中。

> 機密：
> 目標信息已找到……
> 檢測到關鍵點……

光蛇

尼古拉黑湖裏的神秘光蛇，分裂為性情各異的兩兄弟零和壹：零單純、可愛；壹冷酷、殘暴。它們擁有無法預測的神秘力量。

> 機密：
> 搜索文件

沐恩

人稱「小笨貓」的少年，堅定地想要成為一名傳奇級機甲駕駛員。小牛四號是他最重視的伙伴。

> 機密：
> 檢索無效

> 系統重新啟動成功
> 系統故障

● 黑客時間　00:00:03

ADOORAKI
草海机神 阿多拉基

野豬攔路者

>成功

>成功

>警告！

爆狐
總想鬧出大動靜的利爪傭兵團首領，手下有灰熊和幂砂兩員大將。
　　　　-機密

幂砂
擁有一頭魚骨辮的智能人刺客，利爪傭兵團的智慧擔當，性格冷漠、陰狠。
　　　　-機密

馬達

彭嘭

喬拉

野原輝
哈皮軍團的首腦人物，小笨貓的機甲競爭對手，同時也是小笨貓在落霞鎮英才學校的校友。一直在積蓄力量，以擊敗小笨貓並收編小小軍團為當下第一目標。
　　　　-機密

小小軍團成員
小笨貓的朋友們，小牛四號的「贊助商」。和小笨貓組隊參加銀翼聯盟機甲競賽，屢敗屢戰。
　　　　-機密

吸鐵石
裂變蟲K97，別名「吸鐵石」。由獵戶星座的神秘隕石構築成的新形態智慧機械生物。
　　　　-機密

>進入成功
>準備進入系統……

通往時光之門的界碑，
被天上的雷雲擊碎。

星空的降臨者——
它不屬於這個已經冰封的世界。
時光之門賜予它亘古的長眠——

在雪域最晦澀的冰湖，
沉睡億萬年的夢。

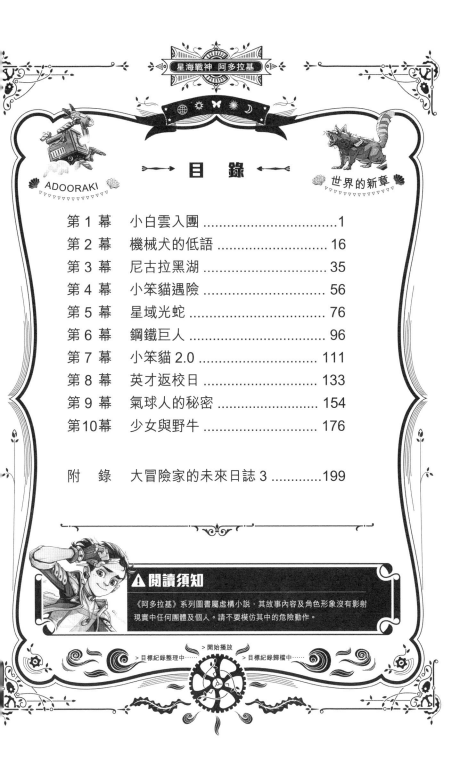

星海戰神 阿多拉基

ADOORAKI

世界的新章

➤ 目 錄 ◆

⚠ 閱讀須知

《阿多拉基》系列圖書屬虛構小說，其故事內容及角色形象沒有影射現實中任何團體及個人。請不要模仿其中的危險動作。

> 目標紀錄整理中……　　> 開始播放　　> 目標紀錄歸檔中……

第 **1** 幕

小白雲入團

　　小笨貓沐恩和伙伴們離開水星公園時，已是傍晚。天空被晚霞映紅。他用一輛租來的智能拖車拉着負傷的小牛四號和伙伴們，在338號沿海公路上大聲唱着「狂野小子樂隊」的最新單曲，像征服了全宇宙一樣亢奮。碧藍的海水彷彿也感受到了他們的快樂，有節奏地湧動着。

　　彭嗙不知道從哪裏撿來一個破破爛爛的塑料花環，戴在小牛四號的「牛角」上，興奮地對小笨貓說：「笨

貓，真有你的！幾天不見，你不但修好了牛寶寶，還讓它變得更強了！你究竟是怎麼做到的？」他打開一個巴掌大的透明智能平板，播放小牛四號在和野豬攔路者的比賽中一擊制勝的全息影像。

「看上去裝了很多新零件，還修復了芯片……貓哥，這應該花了不少錢吧？」馬達驚奇地打量着小牛四號。

「我早就知道貓哥不是等閒之輩！」喬拉擺出一副能掐會算的神情。

「這一次多虧白雲衛士幫忙，多謝了。」小笨貓開心地衝氣球人豎起了大拇指，他的臉彷彿在閃閃發光。

「不用客氣。」氣球人吃力地朝小笨貓揮了揮手。他和小牛四號擠在一起，胖乎乎的膠質身體被擠得變了形。

這時，小笨貓手腕上的智能手環突然亮了，一個小機器人的全息影像出現在手環上方。它嗚哩哩地叫着，撒出一片閃亮的金屬粉塵，組合出了幾行文字：

> **!** 俠膽貓王：
>
> 恭喜您贏得本次比賽的勝利，1,000 星幣獎金已自動存入賬戶，祝您戰無不勝。
>
> 銀翼聯盟客服

-系統訊息-

接着，全息文字變成了一陣「星幣雨」，丁鈴噹啷地掉落進小笨貓的智能手環裏。

「我到現在都不敢相信，牛寶寶打贏了野豬攔路者……」馬達夢囈般喃喃自語，「我突然覺得，只要能像貓哥一樣勇敢和努力，夢想也許並沒有那麼遙遠……」

「呦，馬達，你居然還有夢想？」彭嘭調侃地問。

「嘿嘿，我未來想成為廢鐵鎮首富……」馬達不好意思地撓着頭，「……的會計。」

小笨貓忍不住笑出聲，喬拉和彭嘭無奈地搖着頭，就連小牛四號也挑了一下金屬眉毛。

「達成概率55%。」氣球人突然煞有介事地説。

「白雲衞士居然還有這樣的本事？」喬拉嘖嘖稱奇。

「白雲衞士，你幫我也測算一下！」彭嘭高聲説，「我以後想把老爸的星光電器行開遍整個星洲大陸，順便再經營幾家餐廳！」他抹了一把嘴角的哈喇子。

「正在測算……」氣球人的電子眼微微閃爍，「彭嘭的目標達成概率是35%。提高達成概率的建議是：多讀書，多看報，少吃零食少睡覺。」

「才35%，開什麼玩笑？」彭嘭不高興地説，「喬拉，你來試試！」

「我嘛，沒有什麼大志向，以後繼承父親的快遞工作，賺些錢，把小日子過得有滋有味……」喬拉懶洋洋地説。

「達成概率是65%。」氣球人回答。

「才65%，難道想做個普通人都這麼難嗎？」喬拉難以置信地説，「貓哥，你怎麼想？」大家的目光都聚焦在了小笨貓的身上。

小笨貓轉過頭，揚起嘴角衝伙伴們驕傲地笑了笑：「和以前一樣——」

「成為像火焰菲克那樣的大英雄！」男孩兒們不約而同地脱口而出。

「英雄不但帥氣，還很有本事，受人歡迎……」馬達羨慕地扭動了一下瘦弱的身體。

「英雄要出生入死，立了功也就能得到一枚獎章，還不是純金的……有什麼意思呀？」彭嗆揉了揉胖乎乎的肚子，撇撇嘴説道。

「我想當英雄，不是為了那枚獎章，而是希望一個人知道我的存在。」小笨貓目不斜視地望着前方，繼續駕駛智能拖車前行。

男孩兒們安靜了下來。

小牛四號用汽燈眼睛凝視着小笨貓的背影。氣球人的綠色電子眼也在慢慢地閃爍着。海風吹拂着小笨貓額前

細軟的髮絲，在橙色夕陽的映照下，他那張清秀的臉龐顯得憂鬱而又孤獨。

「她在我很小的時候就離開了，把我留給了爺爺撫養。」夕陽下，小笨貓低沉的聲音幾乎要被海浪聲淹沒，他盡量用開朗的語調說道，「雖然我不知道她離開的原因，但我希望她能想起我，覺得我值得被愛。」

「笨貓，你在說你的媽媽吧？」喬拉輕聲說，「我記得你曾經提過，她在新京海市工作。」

「難道你打算去新京海市找她？」馬達不可思議地瞪大了眼睛。

「笨貓，你還真打算去呀！」彭嘭佩服地豎起了大拇指，「不過，新京海市可不是誰都能去的地方。」

「我當然知道。」小笨貓倔強地說，一隻海鳥鳴叫着從他的頭頂掠過，「只要能成為『銀翼聯盟挑戰賽』的冠軍，就能獲得去新京海市的機會。」

「正在進行測算……」氣球人的聲音突然傳來，「沐恩的目標達成概率——低於1%。」

男孩兒們面面相覷。

「喂，白雲衞士，你的測算一定不準確。」喬拉大聲說，「你有沒有聽過一句話，有志者事竟成？」

「我也相信貓哥一定能做到！」馬達也鬥志昂揚地高喊，「牛寶寶不就贏了野原輝的野豬攔路者嗎？」

「作為保姆機器人，小牛四號在上次比賽中的表現已經超乎想像。沐恩將機器人的特點發揮到極致，的確很有駕駛機甲的天賦。」氣球人慢條斯理地解釋，「但是，參加銀翼聯盟挑戰賽的機甲駕駛員，實力可遠高於野原輝。」

小笨貓沉默了幾秒鐘，很快又露出了一個堅定而自信的笑容，明亮的雙眸中躍動着星辰般燦爛的光芒。他堅定地說：「哪怕只有0.1%的機會，我也要去試一試！」

「說得對，好男兒志在四方！既然這是貓哥的決定，我們一定支持！」喬拉激情澎湃地回應，「就算希望渺茫，也要放手一搏！」

「笨貓，不是我想潑涼水。」彭嗙神情嚴肅地微微皺起眉頭，「想要奪冠，牛寶寶這副模樣可不行。而且需要有監護人的簽字才能報名參賽，你回去跟沐爺爺好好談談吧。」

「沒錯，我們和貓哥一起打工掙錢，給小牛四號買升級零件！」馬達興奮得臉頰通紅，「過幾天就是購物節了，落霞鎮的雲霞廣場會舉辦創意集市。去那兒打工，應該能掙到不少錢！」

「謝了，伙伴們！」小笨貓的心裏湧起一股濃濃的暖意，朝伙伴們豎起了大拇指，「說起來，上次多虧了白

雲衞士最後的提醒，我才想到讓小牛四號用『碰拳』的方式打敗野豬攔路者。」

「白雲衞士，你立了一功。」喬拉拍了拍氣球人彈性十足的肩膀，「既然你還沒有找到主人，不如先加入小小軍團，我們有福同享，有難同當，一起幫幫貓哥吧！」

小笨貓覺得氣球人多半不會同意，沒想到他閃爍了幾下電子眼，回答道：「此提議可視為『機器人臨時看護協議』的附加條款。同意加入。」

「好樣的！擇日不如撞日，現在就舉行入團儀式吧！」彭嗙大聲嚷嚷道，「停車，快停車！」

智能拖車停在了公路旁的一小片空地上。男孩兒們、小牛四號和氣球人來到了海邊。海浪輕輕拍打着堆積在路面斜坡下的黑色礁石，旁邊還立着一塊破破爛爛的木牌，上面寫着「禁止下水」。

「熱烈歡迎小小軍團新成員的加入！先自我介紹！」小笨貓單膝跪地，做出一個拔刀的動作，對着一望無際的海面大喊道，「我是俠膽貓王——小笨貓！」

「我是神出鬼沒——小雀斑！」喬拉抬起腿，搖搖晃晃地擺出「白鶴亮翅」的造型。

「我是滄海一粟——小浪花！」彭嗙抬頭挺胸，雙臂在胸前交叉。

馬達摸着下巴，用力抬起眉毛：「我是精打細算——小火柴！」

恢復成機器人造型的小牛四號高高地舉起了機械臂：「我是保姆機器人——小牛四號！」

氣球人疑惑地看着他們，綠色的電子眼飛快地閃爍着。小笨貓揚了揚眉毛，示意他照做。於是，氣球人向前邁出弓箭步，平舉雙臂，說道：「我是鴻鵠防禦盾——小白雲。」

小白雲入團

「我們是——英勇無畏的小小軍團！」大家齊聲高呼，嘹亮的聲音在海浪聲中迴響。

小小軍團的歡聲笑語一直持續到月亮從海面升起。等小笨貓回到爛車營地時，夜已經很深了。睡前，小笨貓又認真地檢修了一遍小牛四號，細心地為它蓋上了舊帆布，然後才攏了攏衣衫，和小白雲、機械貓咪們一起窩在舊車廂裏沉沉睡去。

一夜甜夢。第二天一大早，令小笨貓感到意外的是，他的智能手環上居然收到了野原輝寄來的修理費！當然，還有一條氣急敗壞的留言。野原輝的全息頭像懸浮在小笨貓的智能手環上，唾沫橫飛地破口大罵：「笨貓，你給我等着！昨天是我太大意，才中了你的奸計！你馬上把小破牛修好，我們再戰！下次你可沒這麼好的狗屎運！」

小笨貓揚起嘴角，得意地自言自語道：「就算再戰一百次，我也一樣能贏你。要是連野豬攔路者都打不過，我還談什麼參加銀翼聯盟挑戰賽？！」

接下來的幾天，小笨貓全神貫注地修理小牛四號，在它的身體上打了不少金屬補丁。

購物節第一天，小笨貓一大早便神清氣爽地起了牀。他掬了一捧冷水抹了把臉，順手抓了兩把頭髮，整出一個挺拔的背頭髮型。當他走出舊車廂時，小牛四號

已經變形成了載具。他和小白雲一起坐上了小牛四號，在兩隻機械貓咪的目送下，朝落霞鎮的方向飛奔而去。

改造後的小牛四號速度快了許多。不到半小時，小笨貓便在落霞鎮鎮口和小小軍團的伙伴們會合了。他們雄心勃勃地往鎮子裏的雲霞廣場走去。

這天的落霞鎮熱鬧極了，除了本鎮的居民外，還有不少人從其他鎮子趕來。許多笨重的飛行器遲緩地在低空飛行，不僅不佔用地面空間，還方便招攬顧客。

小白雲幫小牛四號下載了「賞金獵人」軟件，意外搜索到了不少打工任務。

「已檢索到工作共計128件。機器人可接工作為98件，人類可接工作為38件。」小牛四號說。

「這年頭找工作，人比機器人難多了。」喬拉嘀嘀咕咕地抱怨着。

「把能接的全部接下來吧！」小笨貓挽起袖子，似乎準備大幹一場。

「收到指令。正在為您規劃最佳路線。」小牛四號的眼睛白光閃爍，一幅半透明的全息立體地圖出現在男孩兒們的面前。

這是落霞鎮的實時全息地圖。參加購物節的店舖和攤位如同一個個微縮模型般出現在地圖上，而僱主們的頭像則懸浮在這些「模型」上方，吵吵鬧鬧地發布着招聘和

薪酬信息。

小笨貓指了指離他們最近的工作，鬥志昂揚地一揮手，說：「走！向我們的第一桶金——前進！」

儘管小小軍團的男孩兒們對這裏已經非常熟悉，他們就讀的英才學校就坐落在落霞鎮，但此時此刻，他們還是被眼前的場景深深地震撼了。

雲霞廣場上人聲鼎沸，花花綠綠的電子招牌鮮豔刺目，各種風格的音樂聲此起彼伏，各種飛行器在空中高高低低、錯落有致地飛行着。

他們從一間「卡車茶餐廳」下方走過。那是一輛掛着鐵皮拖車的卡車，車頭上掛滿了橙白相間的小彩燈，招牌上閃爍着五彩繽紛的螢光字：最佳海岸日落觀景位預約中。拖車裏，幾個方頭方臉的機器人正在為客人們服務。

半空中，三輛舊甲殼蟲汽車被電纜繩連接了起來，上面顯示：烈火得來速95號機油常年八五折。穿着加油站制服的機器人大聲吆喝着：「伙計們，要加油！」

還有用兩輛舊吉普連起來的「潮汐熱狗屋」，下面掛了許多籃子的「海風水果舖」……客人們只要站在安裝了機械動力的小滑輪車上，便能去往想光顧的店舖和攤位。

小笨貓操控小牛四號加速前進。不一會兒，小牛四

號停了下來。

「已到達第一項工作地點：阿米爾煎餅攤。任務目標：修理煎餅攤的飛行器。」小牛四號說。

「可是煎餅攤在哪兒呢？」小笨貓四處張望。

這時，不遠處傳來一陣喧嘩聲：「呀！」「搞什麼？」「危險！閃開！」

小笨貓循聲望去。只見在一個飛毯造型的飛行器上，一個簡陋的煎餅攤正噴着滾滾蒸汽，發了瘋似的在半空中亂飛，嚇得沿途的空中店舖紛紛避讓。一個裹着碩大白色頭巾的小鬍子老伯手足無措地站在鐵皮煎烤爐後，煎烤爐前方則掛着一塊搖搖晃晃的鐵皮招牌，上面赫然寫着：阿米爾煎餅。

「牛寶寶，衝呀！」三個男孩兒猛吸一口氣，大喊。

小牛四號開足馬力，朝失控的煎餅攤飛奔而去。小笨貓迅速背好迷你工具箱，瞅準時機，奮起一躍，抓住飛行器的一角，敏捷地爬了上去。此時，驚嚇過度的小鬍子老伯已經哆嗦得說不出話了。

「別擔心，應該是自動駕駛程序出了問題！」小笨貓一邊安慰老伯，一邊飛快地檢修飛行器尾部的駕駛台。不一會兒，煎餅攤便放慢速度，最後停在了小牛四號旁邊。

小鬍子老伯長長地舒了口氣，煞白的臉上終於有了一絲血色：「謝謝你，好孩子……」

「老伯，不用謝！」小笨貓笑着眨了眨眼睛，「您多付我們一點兒小費就好。」

「好說，好說。」小鬍子老伯從腰間抽出一支短笛，鼓起腮幫子吹了起來。就在男孩兒們一臉疑惑的時候，一條足有一米長的機械眼鏡蛇從小鬍子老伯的衣袖裏鑽了出來，吐着猩紅的芯子，盯得男孩兒們直冒冷汗。

「這是我的寶貝阿米爾，牠剛才這段表演就作為小費送給你們啦！」小鬍子老伯樂呵呵地説完，便駕駛着飛行器走遠了。

「喂，等等啊！」小笨貓喊道。「真小氣。」喬拉不滿地撇撇嘴，彭嘭和馬達也感到忿忿不平。

「好在第一筆打工費已經收到了。」小笨貓看了一眼智能手環上落下的星幣的全息影像，衝伙伴們擠了擠眼睛，「出發，去下一家！」

接下來，男孩兒們按照小牛四號為他們設計的打工線路，登上了一間用廢棄皮卡改造的寵物美容店，給十隻小倉鼠和四隻小海豹洗澡，順便保養牠們的機械義肢。

完工後，動物們神清氣爽地回窩裏睡覺了，男孩兒

們卻像剛從水裏爬出來一樣，渾身濕漉漉的，彭嗲身上更是被撒了一大泡尿……

隨後，小笨貓、馬達、小牛四號和小白雲馬不停蹄地趕往母嬰會所派送氣球。結果不少孩子哭鬧着想把最大的「氣球」——小白雲帶回家，多虧了小牛四號及時唱起兒歌，才算解了圍。

喬拉和彭嗲則在母嬰會所隔壁的「鐵人29號」健身館門口發傳單，逢人便自稱他們以前是雙胞胎，自從彭嗲在「鐵人29號」健身，身材就拉開了差距。結果這個「妙計」被路過的英才學校的同學識破，他們只好提前收工。

晚上，小小軍團幫快遞公司送包裹，卻遇上了突如其來的狂風暴雨。男孩兒們死死地用身體護住綁在小牛四號拖斗車裏的貨物，渾身上下都濕透了。同時，通信器裏不停地響起客戶的催單信息，讓大家心急如焚。

這場大雨讓幾個男孩兒都病倒了，但是，小笨貓仍然堅持着。

接下來的幾天，小笨貓修好了兩個在頭頂種花的花盆機器人和四盞路燈，送一位迷路的老奶奶回家（這是沒有酬勞的公益任務），還順便抓了一個打劫外賣飛行器的小賊。

每天晚上，當小笨貓回到舊車廂的時候，總是筋疲

力盡，在一張撿來的破沙發上倒頭便睡。

第 1 幕・結束

全新一代，補水面膜！

全場五折喲！

機械犬的低語

一個星期過去了。在一個陽光燦爛的日子，小小軍團迎來了最後一項工作——在機器人美妝店當試妝模特。

美妝店店長為了展示機器人化妝師的高超技巧，硬生生把四個男孩兒化成了上世紀佳麗的模樣——奧黛麗·喬拉、凱瑟琳·彭嘭、蘇菲·馬達，就連小白雲都被彩繪成了俄羅斯套娃。當然，還有風華絕代的台柱子——小櫻花·小笨貓，頭戴精緻的髮飾，化着全套櫻花妝，原本清

秀的臉頰顯得更加動人。

　　他們人氣頗高，客人們紛紛和他們合影留念。四個「忍辱負重」的男孩兒在鏡頭前擠出尷尬的笑容，默默地祈禱着打工時間快點兒過去。

　　然而，就在他們快要看到勝利的曙光時，幾個熟悉的身影突然從不遠處的人羣中晃蕩了出來──哈皮軍團的成員們正百無聊賴地東遊西蕩。野原輝看起來心事重重，似乎對周圍的一切都提不起興趣。

　　「這幾天都沒有笨貓的消息，他肯定是嚇得夾起尾巴躲起來了！」司明威一邊討好地說，一邊朝茅石強、茅石壯兄弟使了個眼色。

　　「是……是呀！」茅石強和茅石壯趕緊你一言我一語地附和道，「笨貓上次是靠詭計才贏了輝哥！」

　　「他跑不了的！只要這隻笨貓敢露出貓尾巴，我絕對──」野原輝咬牙切齒地罵罵咧咧。忽然，他的聲音戛然而止，身體像石化般定在了原地，兩眼直直地盯着前方一位「絕代佳人」──小櫻花・小笨貓。

　　「那……那是誰？」野原輝結結巴巴地問，臉頰瞬間紅得像朝天椒。

　　小笨貓此時正與另外三名「佳麗」站在一起。看見野原輝他們，大家頓感不妙，但因為被熱情的顧客們團團圍住，一時無處可逃。

野原輝故作瀟灑地整理了一下外套和髮型，大步朝他們走了過來。小笨貓嚇得連髮飾都掉在了地上，另外三個男孩兒也驚慌地捂住了自己的臉。

野原輝彎腰撿起地上的髮飾，吹了一下灰塵，然後非常紳士地把髮飾遞了過去，說道：「嘿，你……你好……」

「多謝。」小笨貓的心臟漏跳了一拍，飛快地抓起髮飾，扣在頭上。他看着滿臉通紅的野原輝，心中暗自慶幸——幸虧機器人化妝師業務精湛，野原輝竟然沒有認出自己！另外，小牛四號和小白雲正好去臨時免費充電樁充電了，否則他們一定會被識破，以後就別想在學校抬頭做人了。

「我叫小櫻花。」小笨貓望着手中的化妝品，突然靈機一動，「你能買一套化妝品，幫我完成業績嗎？」

彭嗡他們交換了一個吃驚的眼神，隨後便紛紛效仿。

「朋友，要想皮膚好，花銷少不了！精華水乳套裝了解一下？」奧黛麗·喬拉用力撲閃着卷翹濃密的眼睫毛，推銷道。

司明威眉角抽搐，臉色發青，冷冷地說：「我們不……」

「需要！」野原輝突然說，「買了！刷你的卡！」

機械犬的低語

「什麼？！」司明威哀號道。

「太感謝了……那我們有緣再見啦！」小笨貓笑着下了單，然後趕緊下了逐客令。

「我明天還會再來買一套！」野原輝被排隊拍照的人羣擠開，依依不捨地回頭喊。茅石強和茅石壯也不停地回頭，只有被硬生生刷掉300星幣的司明威噘着嘴，一副氣急敗壞的樣子。

喬拉朝着野原輝消失的方向調侃地吹了聲口哨，說：「以前真不知道，原來野原輝還有這麼仗義、可愛的一面呢！」

小笨貓用摺扇遮住小嘴，眨眨眼說道：「誰讓他平時老刁難我們，明天讓他去尋找『小櫻花』吧。」說着，他扔掉摺扇，笑道：「收工！」

正當小小軍團的男孩兒們在雲霞廣場奔波忙碌時，落霞鎮入口處的隱蔽角落裏，一個身影在悄無聲息地出沒，猶如陰暗中滋生出來的魅影——這是一條黑色機械杜賓犬，牠在觀察落霞鎮穿行的人羣。牠的機械雙眼閃耀着冰冷的紅光，面前浮現出一行只有自己能看到的全息文字：

⚠ 任務目標：信號不穩定……前往搜查……

　　機械杜賓犬離開角落，走進了川流不息的人羣中。牠跟隨在一位戴着牛仔帽的中年大叔身後，和另外兩隻機械犬混在一起，朝落霞鎮內走去。

　　落霞鎮入口處的小崗亭外，一個路障燈造型的安檢機器人正在工作，長方形的臉上紅光閃爍。一名巡警正靠在椅背上，哈欠連天地看着來來往往的人。

　　「嘿，老兄，今年的購物節有什麼好東西嗎？」中年大叔經過崗亭，大聲地與巡警打着招呼。

　　「和往年沒什麼區別。」巡警蹺着二郎腿，懶洋洋地回答，「金吉利老兄，你什麼時候多了一條機械犬？沒登記過的人和機器人可都不許進去。」

　　機械杜賓犬留意到，安檢機器人轉向了自己，牠眼前出現了新指令：

⚠　暫時撤離。

　　「開什麼玩笑？這兩年物價飛漲，我可養不起更多的機械犬了。」金吉利大叔大笑着説。

　　「嘀嘀，嘀嘀——」安檢機器人發出一陣急促的警報聲，「發現未登記的機械甲蟲，性質不詳，禁止進入落霞鎮。」

　　「機械甲蟲？明明是機械犬。這個機器人果然年紀

太大，都老花眼了……」巡警望着安檢機器人，無奈地搖了搖頭。他朝機械杜賓犬看去，金吉利大叔也困惑地一起轉過了頭。然而，機械杜賓犬剛才的所在之處，此時變得空空如也，彷彿牠從來都沒有出現過。

「咦，怎麼回事？」巡警驚奇地從座椅上站起來，四處張望，「剛才這裏明明有一條機械杜賓犬，難道我眼花了？」

落霞鎮上空，太陽漸漸西斜，夕照將煙塵瀰漫的小鎮染成了橙黃色。

打工結束後，小小軍團的男孩兒們一口氣在漢堡店點了八個漢堡包。他們並排坐在路邊三米多長的熱狗模型上，一邊心滿意足地大快朵頤，一邊欣賞着不遠處下沉廣場中央「瘋蛤蟆馬戲團」的雜技表演。

「説起來，這幾天我們到底掙了多少星幣呀？」馬達興奮地推了一下眼鏡，嘴角沾滿了漢堡包裏的沙拉醬。

「我已經整理好了收支清單。」小白雲説。男孩兒們立刻緊張地互相靠在一起，像在等候公布期末考試成績。

「賞金獵人」軟件的全息影像再次出現在他們眼前。四個小人兒和一個小機器人的影像，來往於地圖上的各個打工地點之間。每到一處，便有一串金燦燦的星幣飛

到它們身上。星幣在它們的頭頂上不停地跳動，金額變得越來越大。

男孩兒們興奮地搓着手。

突然，地圖上的小人兒們在一家火鍋店停了下來。一大串星幣飛出，它們頭頂上的數位驟減。接着，它們被警車攔了下來，收到一張超速罰單，又飛走了不少星幣。它們還繳納了小白雲的營養液（牛奶）費。

就這樣，當幾個虛擬小人兒走過最後一個地點後，頭頂上的星幣數竟然是：－8。

「什麼？！」男孩兒們不約而同地跳了起來。

「我們忙活了好幾天，居然還虧了8星幣？」小笨貓震驚得聲音都變調了。

「彭嘭，都怪你吃太多了！」喬拉生氣地説，「每次打完工，你都要胡吃海喝，我們掙得還沒你吃得多！」

「我不吃飽怎麼幹活？」彭嘭不高興地反駁道，「應該怪馬達！他做事情磨磨蹭蹭，太沒效率！」

「應……應該怪小白雲！」馬達滿臉憋得通紅，「他的營養液費加起來比我們所有人的餐費還多！」

小白雲轉過頭看着小牛四號，不緊不慢地説：「超速罰單佔總支出的四分之一。」

小牛四號耷拉着眉毛，發出不服氣的轟鳴聲。

「好了，都別說了。」小笨貓捂着腦袋，「要怪，只能怪那些零工太瑣碎了，還是得想辦法來票大的……」

「笨貓說得對。我們今天也累得夠嗆了，乾脆先回家，明天再想辦法吧。」彭嘭打了個哈欠。喬拉和馬達贊同地點了點頭，收拾好各自的背包，準備打道回府。

「對了，貓哥。」喬拉回過頭，擔憂地看向小笨貓，「我聽說，沐茲恪爺爺前兩天搬運舊電器時，不小心閃了腰。你已經在爛車營地待了很久了，也該回去看看了。」

小笨貓低頭沉默了片刻，最終點了點頭：「我知道了，明天就回家。」

小笨貓與伙伴們在落霞鎮的一個路口道別，然後駕駛小牛四號，和小白雲一起朝爛車營地疾馳。當他們到達時，天已經全黑了。

「貓哥，貓哥晚上好！」機械貓咪魯俊和二寶一瞧見小笨貓和小牛四號，立馬丟下了不知從哪兒撿來的機械老鼠，叫嚷着迎了過來。

小笨貓親昵地拍了拍兩隻機械貓咪的頭：「聽說有人沒有我們不行啊……魯俊、二寶，明天我們就要回去了。」

小笨貓說着，將小牛四號停在舊車廂門口，準備讓

它關機休息。就在這時，小白雲攔住了他。

> 檢測到未知強能量源，啟動防衞模式！

小白雲的頭頂浮現出一行紅色的全息文字，他轉動着頭，警惕地環顧四周。

「未知強能量源？」小笨貓疑惑地看了一眼黑漆漆的四周，遠處的風車依舊在夜色中有氣無力地轉動，發出令人頭皮發麻的嘎吱聲，整個爛車營地並沒有什麼異樣。

這時，小白雲的頭停止了轉動，他定定地望着小笨貓身後的方向，綠色電子眼漸漸變成了紅色。黑暗中，兩團詭異的紅色光亮正緩緩地朝他們靠近。

小牛四號調亮了汽燈眼睛的光，朝紅光的方向照過去。小笨貓驚訝地發現，對面竟站着一條黑色的機械杜賓犬，剛才的紅光正是牠的機械眼睛發出來的。機械杜賓犬虎視眈眈地瞪着小笨貓和小白雲，亮出鋒利的鋼牙，朝他們步步緊逼。

「沐恩，提高警惕。」小白雲說着，飛快地抬起一隻手臂，掌心射出一道激光，精準地命中了機械杜賓犬。機械杜賓犬的身體瞬間被擊穿，出現了一個大洞。

可是，這隻機械杜賓犬的身體竟然迅速恢復原狀，

嘶吼着朝他們猛撲過來！小白雲接連不斷地發出一道道激光，但這毫無用處，已有準備的機械杜賓犬極為靈活地跳躍，完美地躲過了所有的攻擊。

「迅速撤離！」小白雲高聲説。小笨貓帶着魯俊和二寶，飛快地跳上了駕駛座。就在機械杜賓犬騰空而起、朝小白雲撲過去的刹那，小笨貓用手柄操控小牛四號揮動機械臂，朝機械杜賓犬的頭部揮了過去。可他沒想到，機械杜賓犬竟然張大嘴，直接將小牛四號的鐵拳頭咬住了。更可怕的是，機械杜賓犬的頭顱和身體竟然在一瞬間解體，變成了一羣密密麻麻的黑金甲蟲，如一攤黏稠的液體附着在小牛四號的拳頭上，並且向上蔓延。

「這些黑金甲蟲……是牠，機械蠍子！」小笨貓驚愕地大喊道。

「沐恩，牠怕酸！」小白雲大聲提醒。

眼看小牛四號的機械臂快要被吞沒，小笨貓猛地回過神來，從儲備箱中翻出一罐酸性的清潔劑，潑了過去。

「滾開！從小牛四號的身上滾開！」小笨貓大吼道。

琥珀色的液體飛濺在黑金甲蟲上，發出刺刺的聲響。黑金甲蟲們瞬間如退潮般離開了小牛四號的機械臂，落回地面，重新組合變形成機械杜賓犬的樣子。

「離開這裏！」小白雲說着，靈巧地跳上了小牛四號的駕駛室。小笨貓急忙啟動小牛四號。機械杜賓犬低吼着，亮出了牠鋒利的鋼爪，再度發起了攻擊。

「激光炮裝載完畢，發射！」小白雲抬起手臂，給了機械杜賓犬重重一擊。一道灼熱的光束射中了機械杜賓犬的身體，引發了劇烈的爆炸。無數黑金甲蟲應聲落地，冒出刺鼻的濃煙。

然而，還沒等他們鬆一口氣，煙霧中便傳出了一陣窸窸窣窣的響聲。黑金甲蟲們再次迅速地聚合，新的機械杜賓犬飛快地成型。

「不好，牠又『復活』了！」小笨貓猛地一推操縱桿，駕駛小牛四號衝出爛車營地，拐入公路，揚塵而去。

小牛四號在人煙稀少的荒原公路上一路疾馳。小笨貓緊張地扭頭回望，機械杜賓犬似乎沒有追上來。

「呼⋯⋯那個怪物到底是怎麼回事？一會兒是黑金甲蟲，一會兒是機械蠍子，現在又變成了機械杜賓犬！」小笨貓驚魂未定，大口喘着氣，「我們不是把那隻蠍子帶去月光街了嗎？」

「牠叫吸鐵石。看來牠從月光街逃脫了，正在繼續執行任務，而且力量已經增加了。」小白雲的電子眼依然紅光閃爍，保持着高度防衞模式。

「什麼意思？」小笨貓不解地問，髮絲在夜風中變得凌亂不堪，「什麼任務？牠到底要抓誰？」

小白雲沉默不語，猩紅的電子眼亮得刺眼。

就在這時，一陣強勁的發動機轟鳴聲在他們身後響起，並且由遠及近，越來越大。緊接着，砰的一聲巨響，一輛大吊車猛地撞飛了路邊的鐵絲護網，從公路一側騰空飛起，又在小牛四號身後的公路疾速飄移，發出一陣刺耳的輪胎摩擦地面的聲音。大吊車調整方向後，朝小笨貓、小白雲以及小牛四號加速衝了過來！

哐！大吊車撞上了小牛四號。被追尾的小牛四號一個前衝，後保險桿火花飛濺。小笨貓連忙操控小牛四號，疾速變道。

「這又是什麼情況？！」小笨貓大喊。他忽然想起了什麼，朝大吊車的駕駛室內望去：果然，駕駛室裏面盤踞着鋪天蓋地的黑金甲蟲！大吊車已經完全被控制了，就像上次在爛車營地一樣！

「可惡，這輛車的速度太快，我們很危險！」小笨貓匆匆將小牛四號的速度提升至最高。然而，小牛四號剛和大吊車拉開一丁點兒距離，大吊車便飛快地追趕上來。

小笨貓死死地抓住操縱桿，劇烈的碰撞令他險些被甩出去。小白雲再次抬起手臂，鎖定吊車駕駛室的方

向。然而，他的掌心剛剛亮起明亮光束，便迅速黯淡了下去，頭頂出現一個閃爍的紅色電源符號，以及兩行全息文字：

> 🚗 電量即將耗盡，切換備用電池。
> 該狀態下無法啟動武器系統。

「糟透了！」小笨貓咬牙低吼道。

他回頭看了一眼身後緊追不捨的大吊車，巨大的危機反而令他冷靜了下來。就在這時，他發現前方行駛着一輛卡車，車身印着火焰菲克的頭像及廣告語——超越自我，挑戰不可能。

「卡車⋯⋯潘叔！汽水！碳酸飲料！太棒了，那裏面含有大量的酸性物質！」小笨貓眼前一亮，頓時振作起精神，「小牛四號，追上前面潘叔的卡車！」

小牛四號再次提速，朝卡車追趕過去。大吊車甩動着碩大的鐵鈎，裹挾着勁風朝小笨貓和小白雲襲來。

「趴下！」小白雲將小笨貓的頭摁了下去。小笨貓聽見重物從他頭頂上方呼嘯而過的聲響，後背嚇出了一層冷汗。當他驚魂未定地抬起頭時，小牛四號已經飛奔到了卡車的後方，並且伸出一隻機械臂，鈎住車廂的尾部。小笨貓瞄了一眼瘋狂的大吊車，果斷地解開安全帶，小心翼

翼地站起來，縱身一躍，抓住卡車後方的擋板，爬進了拖斗車中。

小笨貓來不及喘口氣，便飛快地將擋板卸下，然後拆散成箱的罐裝汽水，填裝進小牛四號背部的「垃圾槍彈藥艙」裏：「小牛，啟動惡作劇垃圾槍！瞄準吊車的駕駛室，開火——」

小牛四號的一隻機械臂保持着鈎住貨車的姿勢，另一隻機械臂則迅速組裝出惡作劇垃圾槍。隨着小笨貓的一聲令下，槍口噴射出一顆顆檸檬大小的壓縮「汽水彈」，朝吊車的駕駛室裏飛去。

啪啪啪！大吊車遭受汽水彈的襲擊之後，劇烈地晃動起來，擦着公路護欄，險些就要衝出去。可一旦汽水彈停火，它就又重新駛回了道路中央，就像一頭暴怒的公牛，即使渾身插滿了箭矢，也要卯足了勁兒，衝撞手持利劍的鬥牛士。

「小白雲，快來幫忙！」

在小笨貓的呼喚下，小白雲爬到了後車廂，接連不斷地搬來汽水，填裝進彈藥艙。但一箱汽水僅能維持兩三秒的火力，然後就會變成一連串被壓扁的汽水罐，從拋殼窗不斷地飛出。

在惡作劇垃圾槍的持續射擊下，大吊車表面漸漸沸騰起來，並升起一股白煙。

眼看勝利在望，小笨貓咬緊牙關，再度搬起一箱汽水，可接下來的情景卻讓他驚呆了——黑金甲蟲竟然湧出了車窗，再次變成兇狠的機械杜賓犬，嘶吼着朝他奔了過來！

小笨貓猛地將這箱汽水塞進彈藥艙，高聲大喊：「火力全開！」

噴射而出的壓縮汽水彈密集地打在了機械杜賓犬身上，霎時將牠打倒在地。大吊車也失去了控制，撞上了公路護欄，翻滾着被塵土吞沒了。

「終於把那傢伙甩掉了！」小笨貓激動地和小白雲碰了下拳。可沒等他高興多久，一陣令人頭皮發麻的急剎車聲響起——卡車突然停下來了。

巨大的慣性讓小笨貓站立不穩，一屁股坐到拖斗車裏的汽水罐上。

一個高大的陰影籠罩在他的面前，發出了怒不可遏的吼叫聲：「是哪個混蛋在我的車上搗亂？！」

「潘……潘叔……」小笨貓齜牙咧嘴地抬起頭，看着大發雷霆的卡車司機，「我不是故意的！剛才有條機械犬——」

然而，當他朝機械杜賓犬的方向看去時，地上只有冒泡的汽水和被壓扁的鐵罐。一團黑色的「水」在夜色的掩映下，悄悄隱入了路邊的草叢，消失不見了……

二十分鐘後，廢鐵鎮警察局的審訊室被打開了。

蹲坐在牆角的小笨貓有氣無力地抬起眼皮，無奈地招呼道：「您好……駱基士警長，好久不見。」

「沐恩！」駱基士警長快步走了過來，一把抓住小笨貓的胳膊，關切地上下打量着，那胖乎乎的臉上既驚訝又生氣，「你這小鬼，這麼多天跑到哪裏去了？我就知道你在醞釀什麼陰謀！今天晚上果然又闖禍了！」

「闖禍的不是我，是一條瘋了的機械犬，牠控制了一輛大吊車，一直追殺我！」一提到這個，小笨貓激動得唾沫橫飛，手舞足蹈地比畫起來。

「是機械犬瘋了，還是你瘋了？你再想推卸責任，也不能把事情推到機械犬身上！」駱基士警長嘴唇上的兩撇鬍子被鼻孔噴出來的粗氣吹得亂飛。

「您聽我解釋……」小笨貓百口莫辯。

「等我聯繫上老沐茲恪，你再好好解釋吧！」

聽見爺爺的名字，小笨貓的心咯噔一下沉了下去。在爺爺面前，他從來都不會有解釋的機會。

這時，駱基士警長腰間的通信器裏傳來了緊急呼叫聲。他走到一旁接通了通信器，一個警員的全息影像出現在他面前，向他行了一個禮。

「駱基士警長，我們已經趕到了事發地點。」警員神情嚴肅地說。

「了解，我處理完警察局的事馬上就來！你們繼續執行任務。注意保護現場！」駱基士警長說完，緊皺着眉頭關閉了通信器，嚴肅地轉過身。

「警長，不是我幹的！」小笨貓下意識地大叫。

「我說是你了嗎？最近附近的鎮子不太平，有好幾個人來報案，說被一羣黑金甲蟲襲擊了。」駱基士警長吹鬍子瞪眼地說道。

小笨貓愣了愣，頓時感到全身的血液變得冰冷。黑金甲蟲，除了那個怪物吸鐵石，還會是誰呢？

「警長，我要報警！」

「我現在忙得很，沒空聽你胡扯！總之，你給我好好待着，別四處惹事！」駱基士警長嚴肅地說，像趕蒼蠅似的朝小笨貓擺了擺手，「在這兒等你爺爺來接你吧！」

駱基士警長說完，便匆忙離開了。等他走遠了，小笨貓便伺機飛快地溜出審訊室，跳上了停放在警察局門口的小牛四號。

小白雲抱着兩隻機械貓咪，從一個角落裏走了出來，慢吞吞地走到小笨貓身邊，吃力地爬上小牛四號。他的頭頂上旋轉着紅色的全息文字：

> 🚗 電量不足，急需充電。

　　「今天晚上發生了這麼大的事情，現在回古物天閣恐怕會被臭罵一頓，想讓爺爺同意我參加銀翼聯盟的比賽就更加不可能了。爛車營地現在也不安全……」小笨貓回想起剛才和機械杜賓犬的激烈交鋒，不由得在夜風中打了個寒戰，「我們還是先回稻草堆農場避避風頭吧！」

　　小笨貓説完，啟動小牛四號，帶着小白雲和機械貓咪，駛入了茫茫夜色中。

第 2 幕 · 結束

尼古拉黑湖

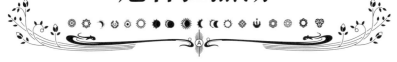

　　小笨貓回到稻草堆農場時，已經是深夜了。

　　農場籠罩在濃重的夜色中，只有立在入口處的一盞路燈接觸不良般閃爍着蒼白的光，一陣夢囈般的犬吠聲遠遠地傳來。

　　幸運的是，舊倉庫的門沒有上鎖，小笨貓將小牛四號停放進去。小白雲搖搖晃晃地朝奶牛棚的方向走去，頭頂上旋轉着一行全息文字：

> 🐾 **主體修復中，請儘快補充營養液。**

安置好電量耗盡的機械貓咪們後，筋疲力盡的小笨貓一頭倒在了角落處的稻草堆上。他不受控制地回想着剛才經歷的可怕事情，他有太多問題想弄清楚了，但困倦如海嘯般湧來，最終將他徹底吞沒。小笨貓閉上眼睛，心神不寧地睡了過去⋯⋯

第二天一早，小笨貓在一陣隱隱約約的吵嚷聲中醒了過來。他睜開酸澀的眼睛，發現小小軍團的伙伴們已經全員到齊。小笨貓撓着黏了幾根稻草的頭髮，走到伙伴們身邊坐下，渾身像散了架一樣又酸又疼。

「貓哥，你終於醒了！」喬拉看向小笨貓，「一大早小白雲就給我們發消息，說你們已經回到農場，我們就趕緊過來了。」

「一晚上不見，牛寶寶怎麼又變得破破爛爛的了？」彭嘭吃驚地叫起來。

「別提了⋯⋯」小笨貓想起昨晚的遭遇，感覺像做了個噩夢，「對了，你們剛才在聊什麼？」

「貓哥，廢鐵鎮今天早晨上星洲新聞啦！」馬達誇張地瞪大眼睛，壓低了聲音說，「媒體接到了好幾個居民的報料，說廢鐵鎮附近有一條奇怪的智能機械惡犬，傷了

好多人。一個回收海洋垃圾的大叔遇襲，目前還在醫院昏迷不醒呢……」

「有人懷疑這是智能人的陰謀。」彭嗙陰沉着臉說。

「別開玩笑了。」喬拉一臉輕鬆，笑着說，「智能人就算有什麼動作，也不會看上咱們這個破破爛爛的廢鐵鎮。多半是誰家的機械犬程序錯亂了，跑出來瞎逛。」

小笨貓和小白雲對視了一眼，他感覺喉嚨裏一陣發澀。

「那條機械犬……找到了嗎？」小笨貓臉色煞白地問。

「還沒有，駱基士警長現在忙壞了。」喬拉聳了聳肩膀，「對了，貓哥，小白雲説昨晚你們去了趟警察局，出什麼事了嗎？」

「一點兒小事……」小笨貓尷尬地笑了，他決定先隱瞞真相，以免讓伙伴們擔驚受怕，「回來時我超速駕駛，不小心撞上了潘叔運送飲料的卡車。」

小小軍團的男孩兒們面面相覷，因為小牛四號的金屬身體上傷痕纍纍，怎麼看都不像是普通的交通事故造成的。

不過，他們已經來不及追問了，牛奶奶的身影突然

出現在了舊倉庫的門口。她兇巴巴地叉着腰，像一尊準備開火的大炮。

「你們這幾個臭小子，偷偷摸摸溜回來也就算了，居然又把我的牛奶喝了個精光！」牛奶奶氣呼呼地説。

男孩兒們不約而同地扭頭看向小白雲，發現他已經在角落裏縮成了一個球。

「哼，你們最好別再鼓搗些奇奇怪怪的事情，否則下一次，我保證把你的破銅爛鐵扔到垃圾回收站去！」牛奶奶惱火地掃視了一眼男孩兒們，「還有，別忘了交房租！都給我老老實實地送牛奶去！」

「知……知道了……」男孩兒們如同耗子見到貓，畢恭畢敬地送走了牛奶奶。

「貓哥，現在我們該怎麼辦？」馬達推了一下眼鏡，不安地問。

「咱們不但打工沒掙到錢，現在連房租都付不起了。」喬拉沮喪地歎了口氣。

「而且，現在外面的世道不太平。」彭嘭攤倒在地上，懶洋洋地蹺起了二郎腿，「萬一打工的時候遇見那條奇怪的機械犬……」

小笨貓半瞇着眼睛沉思了片刻，最後咬牙説：「與其這樣小打小鬧，不如幹一票大的！」

三個男孩兒迷惑地交換着眼神。

要接就接最難的這個……

懸賞

+50,000 星幣

小笨貓輕吸了一口氣，說道：「我在『賞金獵人』上發現了幾個隱藏任務：設計美洲獅新型基因序列，酬勞是1萬星幣；維修獵鷹載重火箭主板線路，酬勞2萬星幣；去尼古拉黑湖尋找『生命聖甲蟲』，酬勞5萬星幣。我想了想，尋找生命聖甲蟲是最佳選擇。」

「5萬星幣？！」彭嘭和馬達不約而同地張開手掌晃了晃，驚呼起來。

「尼古拉黑湖……我聽說過這個地方。」喬拉擔憂地說，「據說過去有不少人去那裏淘金挖礦，但是他們都再也沒有回來過……」

彭嘭也揮揮手說：「我聽老爸的客人說，尼古拉黑湖附近有很多價值連城的礦石，但輻射非常強，普通人根本無法靠近……」

小笨貓猶豫地咬着嘴唇沉思，轉頭問身後的小白雲：「你有什麼辦法嗎？」

「尼古拉黑湖的相關信息非常少。」小白雲的綠色電子眼迅速閃爍着，「根據現有的信息分析，前往尼古拉黑湖，需要準備抵抗輻射與攻擊的光腦儀，以及捕捉生命聖甲蟲必備的緩蝕劑。」

「在哪裏可以弄到這些裝備？」小笨貓問。

「我可以借給你。」小白雲回答。

令大家意外的是，小白雲説的「光腦儀」竟然就安裝在那顆從天而降的扭蛋艙裏！扭蛋艙原本被小笨貓扔在了舊倉庫的角落裏，此時卻不見了蹤影。

小白雲忽左忽右地轉動着頭，頭頂上旋轉着一行全息文字：

定位中。

沒過多久，他朝後門轉過身，淡定地説：「已定位光腦儀。請跟我來。」

男孩兒們跟着小白雲，朝農場雞舍的方向走去。這是一幢用木板和鐵條拼起來的簡陋平房，小笨貓遠遠地便聞到一股雞屎的臭味，心裏十分不願意靠近。但為了取扭蛋艙，小笨貓還是硬着頭皮打開了雞舍的門。只見一隻渾身烏黑油亮的大公雞正讓四五隻母雞趴在扭蛋艙上，齊心協力地孵這枚「巨蛋」！

小笨貓和大公雞四目相對，他突然感覺到一股寒意，心裏大呼不妙。

大公雞扇着翅膀，尖叫着朝他撲了過來。小笨貓一隻手護住頭，另一隻手抄起一把掃帚，和大公雞展開了「殊死搏鬥」。

喬拉他們則趁機將扭蛋艙從雞舍往外拉，但是趴在扭蛋艙上的母雞們又氣急敗壞地咯咯大叫起來。

最後，當他們拉出扭蛋艙、重新關上雞舍門時，所有人的頭上和臉上都是雞毛、雞爪印，甚至還有雞屎。

等天暗下來，男孩兒們合力將扭蛋艙裝進小牛四號的拖斗車，然後用繩索捆綁牢固。小笨貓滿意地叉着腰，望着扭蛋艙點了點頭。

「貓哥，我們只能幫你到這裏，接下來就要靠你自己了。」喬拉氣喘吁吁地說。

「貓哥，你一定要回來啊！」馬達憂心忡忡地說，「房租、電費，還有小小軍團的伙食費，就靠你了！」

「你們這羣傢伙……」小笨貓嫌棄地瞪了他們一眼，用手指蹭了蹭鼻子，自信地揚起一邊的嘴角，「等着瞧！我一定會回來的，而且是滿載而歸！」

「沐恩，很抱歉，我的能源不足，無法陪同前行。」小白雲走上前，極其認真地盯着小笨貓說，「再次提醒你，潛入尼古拉黑湖時務必啟動光腦儀。相關須

知我已經輸入小牛四號的程序，它會在路上為你詳細講解。」

「多謝！」説着，小笨貓向幾位伙伴們高高舉起右臂，這是小小軍團的致敬禮，「各位，我出發了！」他啟動小牛四號，獨自一人向遠方駛去。在他身後，喬拉、彭嗞和馬達也高高地舉起了右臂，臉上寫滿了擔憂。

按照導航地圖的指引，小笨貓順利行駛到了廢鐵鎮外一條雜草叢生的破爛公路上，然後從護欄的斷折處向左拐，進入一大片荒野之中。

夜色濃黑。月亮將些許灰濛濛的光亮投進荒莽的曠野中。不時有嶙峋的怪石和斷裂的枯樹出現，就像扭曲的怪影般矗立在荒草叢裏，張牙舞爪。

「……二十年前，這裏正在進行一場人類與智能人的戰爭。在戰爭的關鍵時刻，一顆隕石從天而降，砸出一個巨坑，形成了一大片湖泊，就是眼前的尼古拉黑湖。這裏留下了大量帶有強輻射的戰爭殘骸，因此被列為A級禁區……」小牛四號一邊解説，一邊顛簸着前進，它發射的兩束白光融化在前方濃稠的黑暗裏。

小笨貓蹺着二郎腿坐在駕駛室裏，打了個哈欠：「行了小牛，你都已經介紹了五遍尼古拉黑湖了……詳細的任務介紹更新好了嗎？」

「已經更新完畢。」小牛四號回答，「現在為您播放尋找生命聖甲蟲的最新任務。」

無數如粉塵般細小的紅色和藍色光點在小笨貓面前飛快地聚合，沒過多久，便形成了一個半透明的虛擬影像。

這是一個看上去頗為古怪的中年男子。他的皮膚是藍紫色的，鮮紅的外套立領擋住了大半邊臉，但依然能看清楚他瘦削的臉頰和陰沉的五官。他的頭上布滿疤痕，梳着線纜般的髮辮，一雙金屬球般的鐵灰色雙眼冷冷地直視着小笨貓。

「你好，第235位任務挑戰者。」男子的聲音沙啞，「如果你看到這段匿名的全息影像，就意味着上一位挑戰者已經在執行任務時不幸身亡了。」

小笨貓的困倦頓時消失了，他驚訝地坐直了身體。

男子繼續說：「我需要你前往尼古拉黑湖，找到生命聖甲蟲。如果你孤陋寡聞，不知道牠是什麼，那就看清楚這個——」屏幕上，無數光點飛舞着，很快就凝聚成一隻拳頭大小的紅色甲蟲。

「聖甲蟲不就是屎殼郎嗎？」小笨貓聳了聳肩膀，自言自語道，「只不過這隻特別大，顏色也挺特別。」

「生命聖甲蟲並不那麼容易找到。」全息影像中的男子聽不見小笨貓的聲音，繼續說道，「牠喜歡躲藏在

最腐朽、最危險的地方，並且四處遷徙。根據牠的遷徙路徑，牠目前已經到達尼古拉黑湖的附近或是湖底。只要你能找到牠並交給我們，就能即刻獲得5萬星幣的報酬。」

「以上就是任務的詳細內容。」小牛四號說。小笨貓朝全息影像揮了揮手，影像重新化作萬千個光點，消失了。

「我想知道，如果我多抓幾隻紅色屎殼郎，他是不是會支付給我更多星幣？還好剛才把這段任務影像錄下來了，免得他賴賬。」

說着，小笨貓突然想到什麼，催促起來，「快走吧，小牛，尼古拉黑湖是A級禁區，天亮以後不容易進去。」

「解除低速行駛模式，即將加速前往尼古拉黑湖，請繫好安全帶。」小牛四號的兩片金屬眉毛飛快地抖動着。

前方漆黑的夜幕中出現一個黃色的虛擬箭頭——這是小白雲幫忙下載的「破解版」尼古拉黑湖導航地圖。他們跟着箭頭的指示往前飛奔，沒過多久，便來到了隔離危險區域的鐵絲網前。

小牛四號的雙眼發出白光，挨個掃視掛在鐵絲網上的殘缺金屬塊和鐵皮警示牌。這些金屬塊大多是智能機

械士兵身體的某個部件，有的還連着幾條破爛的電線。警示牌上用鮮紅刺目的油漆塗寫着——

止步！

前方為戰場遺址！

2051年9月22日，1,023位人類士兵英勇犧牲，共消滅1,034個智能人。

注意！

前方有高危輻射！

徹底消滅智能人！

智能人變成爛泥！

「有點兒嚇人，不是嗎？」小笨貓喃喃地說，「按照小白雲提供的地圖走，應該能找到一個沒有監控的入口。」

小牛四號沿着鐵絲網走了一段路。過了好一會兒，一個豁口出現在他們面前，他們小心翼翼地走了進去。

月亮不知何時鑽出了厚重的雲層，在他們周圍灑下一片清輝。

眼前是一片荒蕪蕭瑟的曠野。坑坑窪窪的泥沙地上，到處散落着報廢的汽車、戰損的坦克、坍塌的建築，還有大量七零八落的機甲殘骸。一蓬蓬荒草在它們周

衛星地圖。拍攝高度：80,000 米

逾越森林地圖

星洲北陸區域

① 廢鐵鎮
② 落霞鎮
③ 水星公園
④ 隕星鎮
⑤ 爛車營地
⑥ 鬼澗峽谷
⑦ 月光街
⑧ 尼古拉黑湖
⑨ 綠礁石盆地

禁

B區

A區

B區

C區

英才學校

D區

E區

飲馬岩

小笨貓的家

沿海公路

霸　鋼鬃瑪麗

生化機械獸鋼鬃瑪麗常年在逾越森林E區附近遊蕩，曬太陽、看風景，偶爾也會跑到廢鐵鎮郊外一帶活動。眾所周知，牠的老巢在C區馬蹄灣至飲馬岩一帶。

逾越森林分區

E區　D區　C區　B區　A區　禁 (S區)

星洲大陸探險掠影

④

尼古拉黑湖 - 傳說中有去無回的神秘湖泊。

雷鳴海灣 - 有着奇異地貌的廢棄海港。

森林深處的神秘遺跡。

黑湖遊蕩者 - 尼古拉黑湖邊的奇怪機械獸。

⑧

禁

B區

禁

⑨

鳥海灣

⑥

北
西北　　　東北
西　　　　　東
西南　　　東南
南

月光航線

雲霞鐵塔

落霞鎮最具人氣的地標建築。每年三月中下旬在此舉辦「星洲電音節」，吸引鄰近市鎮眾多遊客前來觀光。

英才學校

全名落霞鎮英才網絡學校，是星洲大陸南部唯一的公益性社區中學，以學費全免聞名全區。

危險等級

逾越森林地區包含多個村鎮以及未開發的海灣、峽谷、荒野、湖泊等。探險家協會根據不同區域變異機械獸的危害程度，結合星洲官方發布的輻射強度表，推算出E、D、C、B、A、S這六種依次遞增的危險等級，並據此將逾越森林地區劃分為從E到S共六種不同區域。

圍野蠻生長。夜風嗚咽着，如同穿越時空而來的廝殺聲和哭喊聲，令人不由得頭皮發麻。

小笨貓緊張地操控小牛四號，在這些毫無生氣的殘骸間穿行。四周不時響起乾啞的嘎吱聲，瀰漫在空氣中的濃烈的孤寂感令他感到難以呼吸。

越往前走，景象就越發慘烈。斜倚在亂石中的斷裂機翼如同朽爛的旗幟，在冷風中不時地顫動；倒在泥潭邊的機械坐騎早已被偷偷來此的拾荒者們拆解得支離破碎，只剩下亂糟糟的電線和金屬骨架，與泥石混雜在一起；幾個大型信號接收器只剩下朽爛的鐵架，就像巨大而空洞的眼睛，瞪着從旁邊經過的小笨貓和小牛四號。

「戰爭真可怕……」小笨貓望着眼前的殘骸，「就算獲得勝利，也沒有什麼可高興的吧？」

小牛四號載着小笨貓，不久便向右拐進了一片亂石嶙峋的灌木叢林。這裏的空氣污濁得令人難以呼吸，灌木的顏色從枯黃變成了焦黑，黑乎乎的地面幾乎寸草不生，到處都是堆滿廢棄金屬碎片的小泥潭。

「前方即將到達目的地——尼古拉黑湖。」小牛四號在一陣奇怪的蟲鳴聲中說。他們登上了一個光禿禿的土坡，小笨貓頓時震驚地張大了嘴——

土坡下有一大片湖泊，約有四個足球場大。湖泊上方居然燃燒着暗紅色的火焰，足有兩米多高。一塊塊嶙峋

巨石從火焰中冒出，彷彿火中綻放的石蓮花。巨石中間湧動着鮮紅的熔岩，不時有火苗從中躥出，如龍捲風般旋轉着直衝而上，然後在半空中化作一大團烏黑的蘑菇雲。

湖邊，一些棱柱狀的紅色晶石和吞吐着紅色火舌的枯黑樹幹局促地聳立着。最引人注目的是一個只剩下半截殘軀的飛行器，它有二十幾米高，斜插在湖泊後方的不遠處，無數條細長的裂縫中透出猩紅刺目的火光。

「這就是尼古拉黑湖？」小笨貓感覺渾身的細胞都在顫動。他抬起智能手環拍攝眼前的景象。

「警報！警報！輻射已超標，請立即進行安全隔離！」小牛四號突然高聲警告，它的熒幕飛快地閃爍着紅光。小笨貓回過神，趕緊跳下駕駛室，按照小白雲之前的提示，打開扭蛋艙的圓形艙門，鑽了進去。

他剛坐在半包圍駕駛座上，艙內便亮起藍紫色的燈光，並響起一個人工智能語音：「您好，請驗證駕駛員編碼。」

「62597，白雲衛士。」小笨貓回答。他第一次乘坐這樣高級的飛行器，一邊好奇地用手到處摸，一邊低聲驚歎着。

「驗證成功！」人工智能語音剛落，艙室中亮起了微弱的白光，前方的扭蛋艙壁也變得透明。

小笨貓坐直了身體，驚訝地四處張望。三塊藍紫色的全息顯示屏出現在他的面前和左右兩側，上面飛快地跳出一連串複雜的圖形和數據。

「你好，沐恩。」艙室裏突然響起小白雲的聲音。

「小白雲！你在哪兒？」小笨貓震驚地東張西望。

「我在稻草堆農場，正通過網絡與你進行遠程通信。扭蛋艙與我共享數據庫，所以，我可以幫助你實時分析情況。」小白雲説。

「那真是太好了！」還不熟悉光腦儀的小笨貓頓時鬆了一口氣。

「系統檢測完畢，扭蛋艙的攻防系統已損壞。請問你有什麼需要？」

「嗯……我的手柄信號不好。」小笨貓說，「有辦法讓小牛四號聽見我的聲音嗎？我得給它發語音指令。」

「好的——已打開語音廣播功能。」

「謝謝。」小笨貓清了清嗓子，「喂喂！小牛，能聽見我說話嗎？繼續往湖邊走。」

小牛四號搖搖晃晃地朝前走去。小笨貓新奇不已地坐在扭蛋艙中，距離湖邊越來越近。

「小白雲，有辦法把前面照亮一點兒嗎？」越來越濃的黑霧令小笨貓視線模糊，「光線太暗了，不好找生命聖甲蟲。」

「可以用『生命波動影像儀』來搜索。」小白雲回答。

白蛋發射出無數道紅色光線，交織成幾張飛速變大的發光大網，掠過燃燒的湖面和湖岸。小牛四號繼續向前走，小笨貓緊張地張望着。就在這時，他發現在湖的另一側，幾個高矮不一的影像正朝他所在的位置慢慢靠近。他的眉頭緊緊地皺了起來：「難道是……」

「是四個人類和一個保鏢級機器人，都穿戴了最新款防輻射套裝。請問是否需要檢索其相關信息？」小白雲

問。

「不必了。」小笨貓抱起胳膊，嘴角揚起一個弧度，「這些陰魂不散的傢伙，就算化成灰我都認識。小牛，我們去會會這羣手下敗將。」

小牛四號在湖邊停下來。四個男孩兒氣勢洶洶地站在小牛四號前，他們的防輻射服上裝滿了輻射計數器和過濾空氣用的導管，看起來像四條古怪的機械章魚。他們身後的野豬攔路者顯然剛被修理好，渾身擦得鋥亮，但脖子卻像落枕似的歪到了一邊。

「哈皮軍團！你們來這裏做什麼？」小笨貓大聲問道，他的聲音被語音廣播放大，在湖邊迴響着。

「笨貓！」野原輝戴着火焰菲克頭盔，怒不可遏地大叫，鼻孔處噴出一團團白氣，「我今天一修好野豬攔路者就立馬去找你，結果你跑到尼古拉黑湖來了。馬上滾出來！我要和你再比試一場！」

「開什麼玩笑？在這裏嗎？」小笨貓難以置信地說。

「沒錯！就是這裏！就是現在！」野原輝氣急敗壞地叫嚷，「就算你逃到天涯海角，我也要把你揪出來，報仇雪恨！」司明威、茅石強和茅石壯紛紛點頭。

「拜託，我現在正在打工。」小笨貓無奈地說，「要不你先回去，我收工以後再去找你？」

「怎麼，你害怕了嗎？」司明威戴着金黃色的頭盔，尖酸的聲音聽起來有些發悶，「我們輝哥的氣量大得很。只要你跪地求饒，輝哥就不追究了。」

「沒錯，否則我馬上拆了你的廢物牛！」野原輝怒氣沖沖地說。野豬攔路者和戴着一黑一紅兩個頭盔的雙胞胎兄弟一起揉起了拳頭。

「開什麼玩笑？！」小笨貓生氣地說，「野原輝，難道你還想再輸一次？！」

野原輝氣急敗壞地嚷嚷起來：「你竟然敢瞧不起我？！」說着，他操控着野豬攔路者，開足馬力，不由分說地朝小牛四號衝了過去。

「小牛！快躲開！」小笨貓焦急地大喊。

小牛四號飛快地轉動滾輪，但因為拖斗車裏捆綁着巨大的扭蛋艙，它的動作遲緩了很多。野豬攔路者的鐵鈎機械臂輕而易舉地便鈎住了小牛四號，將它用力往自己面前拉拽；野豬攔路者的另一條鐵錘機械臂正在做準備運動，肚臍處的壓力表指針直接飆到了紅色高壓區域。

「小牛！向後退！千萬別被拉過去！」小笨貓高聲大叫。

小牛四號的滾輪拼命地向後轉動，泥土飛濺在了司明威、茅石強、茅石壯的身上。

「笨貓！你和臭牛一起變成臭垃圾吧！」野原輝怒

不可遏地叫囂起來。然而，他的話音剛落，野豬攔路者的鐵鈎機械臂突然發出了斷裂的脆響聲。

「糟糕！」小笨貓感覺到了異樣，高聲驚呼，「小牛！快——」然而就在這時，野豬攔路者的半條機械臂已經被小牛四號拽了下來！

仍在拼盡全力掙扎的小牛四號突然失去了平衡，不由自主地連連倒退。小笨貓在扭蛋艙裏發出驚慌的喊叫聲，哈皮軍團也愣在了原地。

小笨貓突然感到身體向下一沉——他和小牛四號一起墜入了湖水之中，並且飛快地沉了下去⋯⋯

第 3 幕 · 結束

小笨貓遇險

　　湖岸邊，野原輝一夥目瞪口呆地看着這一幕，驚訝和恐懼向他們襲來。

　　「輝……輝哥，笨貓掉進去了，不會有什麼事吧？」司明威擔心地説。

　　「你們兩個去看看情況！」野原輝朝雙胞胎揮了揮手，但雙胞胎卻面露難色，遲遲不敢上前。

　　「輝哥，我聽説尼古拉黑湖特別深，裏面還有奇怪

的生化機械魚，説不定……笨貓已經遭遇不幸了。」司明威的身體在微微顫抖。

「一個個都是膽小鬼。得了，我自己去！」野原輝説着，氣沖沖地朝湖邊走去，其餘三人也只好皺着眉頭跟在後面。

野原輝找來一根長木棍，探進湖水中攪動了兩下。忽然，一道黑色的影子從他的身側掠過，很快又消失了。

「什麼東西？」野原輝扭頭望去，只見一條黑色的機械杜賓犬在不遠處低吼。尼古拉黑湖的火光映射在牠漆黑的身體上，令牠渾身也如燃燒起來了一般。

黑色杜賓犬盯着小笨貓落水的方向，眼前浮現出雷達掃描的全息影像，以及幾行全息文字：

⚠ 搜索到一號任務目標陳嘉諾的扭蛋艙、二號任務目標沐恩。

追蹤，消滅。

接着，機械杜賓犬的身體突然開始融化散落，變成了無數黑金甲蟲，成羣結隊地朝野原輝的方向爬去。野原輝的背脊發涼，幾乎無法動彈，彷彿這些黑金甲蟲已經順

着褲管爬上了他的身體！慶幸的是，黑金甲蟲羣只是從他顫抖的雙腿間穿過，便湧入了尼古拉黑湖，最後消失得無影無蹤。

「你們……剛……剛才……看到什麼了嗎？」野原輝害怕得結巴起來。

「輝……輝哥……剛才……肯定是幻覺……」司明威的上下牙直打架，差點兒咬到舌頭。

「輝哥。」茅石強直接閉上了眼睛，哆哆嗦嗦地發出哭腔，「咱們回家吧……」

野原輝臉色鐵青，猶豫地轉頭看向小笨貓剛才落水的地方，湖面上依舊烈火熊熊，再無其他動靜。

而此刻，在漆黑的湖水中，扭蛋艙飛快地閃爍着紅光，發出刺耳的警報聲。小笨貓驚恐萬狀地胡亂點擊兩邊的虛擬顯示屏，一個彈窗出現了：

小笨貓趕緊點下了「是」。

「潛水模式已經啟動。」扭蛋艙裏響起小白雲淡定的聲音，警報聲消除，周圍亮起了寧靜的藍色光線，右邊

的虛擬顯示屏上顯示着下潛的深度。整個駕駛艙的上半部分變得完全透明。

「小白雲，小牛還能聽見我說話嗎？」小笨貓焦急地問。

「請稍候。」小白雲回答。幾秒鐘後，他便有了答覆，「小牛四號的語音系統已經連接，你現在可以與它直接對話。」

「謝謝你。」小笨貓感激地說，「小牛，能聽見我說話嗎？」

周圍安靜了幾秒鐘，接着便響起了小牛四號的聲音：「已經封閉機身——水下救援程序已啟動。」小牛四號像一條落水的金毛獵犬般揮舞着四肢，開始緩慢控制方向。

小笨貓這才冷靜下來，仔細地打量四周。

雖然尼古拉黑湖的湖面上燃燒着熊熊的火焰，可湖水卻是一片翠綠，不時有石塊如燒焦的隕石般從湖上落下來。

「小牛，使用節能模式，省點兒力氣。」小笨貓說，「反正已經掉下來了，我們索性搜索一下湖底有沒有生命聖甲蟲吧。」他沒有忘記此行的目的。

「好的。動力系統將調整至最小值。」小牛四號回答道。

　　尼古拉黑湖比小笨貓想像中深得多，持續下降將近一刻鐘後，他們才在湖底着陸，揚起了一陣泥沙。虛擬顯示屏上顯示，這裏距離湖面1,867米。

　　小牛四號在黑暗的湖水中發出兩束白光，一邊緩慢地往前行走，一邊警覺地左右環視着。

　　湖底的礁石就像綿延起伏的丘壑，上面爬滿了紫色的苔蘚。礁石裏摻雜着許多廢棄物，有引擎蓋、鐵管、輪胎，還有許多支離破碎的破銅爛鐵。這些廢棄物已經與礁石結為一體，層層疊疊，蔚為奇觀。

　　「檢測到的信息顯示，這裏的生物因為環境污染而發生了變異。」小牛四號的水下救援程序用智能語音介紹道。

　　這時，一羣發光的小魚游了過來。這些小魚長着圓滾滾的透明肚子，圍着扭蛋艙打量了一番，然後搖頭擺尾地朝一大片與破爛鐵絲網連接的水草游去。

　　小笨貓察覺到，有幾道白影匆匆忙忙地從他的頭頂上方掠過——是幾隻白色的水母。牠們的身體竟然和塑料袋長在了一起，上面還印着褪了色的便利店商標。

　　砰砰！

　　幾隻身體長在空彈殼裏的「寄居蝦」撞到了扭蛋艙上。小笨貓回過神來，問道：「小白雲，可以使用生命波動影像儀嗎？」

「光腦儀的外置設備已被湖水腐蝕。」小白雲回答，「目前只能進行十米以內的搜索。」

「連機器都能腐蝕……那如果我從扭蛋艙裏出去了，豈不是會沒命？」小笨貓聳了聳肩，嘟囔着，「生命聖甲蟲什麼的，只能碰碰運氣了，我們得儘快離開這裏，否則小牛會損壞。」

小牛四號繼續在湖底行走，周圍的能見度越來越低。忽然，小牛四號照亮了一截斜倚在礁石上的巨大金屬物體。小笨貓好奇地前傾身體，半瞇着眼睛仔細打量。這好像是一架小型飛船的殘骸。飛船的前端有一個大裂口，看上去像鯊魚張大的嘴，裏面還有許多斷裂的金屬條，就像殘缺不全的尖牙。

「好傢伙……」小笨貓震驚地低語道，「撿回去，能賣不少星幣。」

「沐恩，檢測到變異機械生物熱能，注意防禦！」艙室裏突然響起了小白雲的聲音。

小笨貓皺緊了眉頭，警惕地左右環顧，卻沒有發現任何異樣。就在這時，飛船殘骸的周圍突然湧起一股沙流，小笨貓睜大了眼睛：一團「黑水」正飛速朝飛船湧過來！

當「黑水」靠近時，小笨貓倒吸了一口涼氣——竟然是吸鐵石！

「小牛，快跑！」小笨貓急促地大喊道。

然而，小牛四號還沒來得及轉動身體，無數黑金甲蟲便湧進了飛船殘骸中，將中控台團團包裹。飛船裏不斷傳來金屬物折斷碎裂的聲音，彷彿動物在啃食骨頭。被迫目睹這一切的小笨貓雙腿發軟，似乎被黑金甲蟲圍住啃食的是自己。

很快，黑金甲蟲將飛船的中控台完全控制了，飛船殘骸兩側的舷窗突然亮起了幽幽藍光。它向上升起，覆蓋在飛船上方的大堆金屬垃圾嘩啦啦地滾落下來。它露出了真容——這是一條機械鱷魚，正朝小笨貓衝了過來！

「快逃……小牛！快逃！」小笨貓驚恐萬狀地大聲尖叫。

砰！

小牛四號來不及掉頭，猛地撞向身後的礁石。小笨貓的額頭狠狠地撞上了前方的玻璃。

被吸鐵石控制的飛船在湖水中緩緩轉過身，準備發起第二次攻擊。

就在此時，一隻大烏賊突然從不遠處游過。牠的身體與一個大鐵桶融合在一起，鐵桶上畫着醒目的黃色符號——這代表「酸性生化廢料」。

「吸鐵石怕酸性液體！」小笨貓大叫，「小牛四號，抓住那隻烏賊！」

　　小牛四號飛速朝前衝去。機械鱷魚緊隨其後，並且很快就追趕了上來。小牛四號不停地左右扭動身體，終於像抓住最後一根救命稻草般，用機械臂牢牢地鉗住了那隻大烏賊。這時，機械鱷魚的血盆大口離小牛四號不過一拳頭的距離。

　　就在小牛四號快要被機械鱷魚吞食的那一刻，它用力將烏賊扔進飛船的駕駛艙，砸在了附着在中控台的黑金甲蟲上。

　　烏賊立刻噴出了一大團混雜着酸性生化廢料的黑色液體，黑金甲蟲像被撒過鹽的蛞蝓，掙扎着迅速萎縮。

　　「快走！」小笨貓大喊，他趁機指揮小牛四號往湖的另一端逃去。可他萬萬沒想到的是，更大的危機就在前方。

　　「危險，前方有道湖底裂縫！」小白雲提醒道，「附近的水具有強腐蝕性，注意避讓！」

　　「強腐蝕性……」小笨貓突然靈機一動，高聲大喊，「小牛！去裂縫邊上！」

　　小牛四號全速向前，來到裂口附近，停了下來。

　　鱷魚飛船追趕過來，當它正準備俯身衝向小牛四號時，從裂口中噴湧而出的湖水令它恐懼地扭轉身體，不甘心地徘徊不前。

　　小笨貓驚魂未定地喘着粗氣。小牛四號沿着裂口的

邊緣慢慢地移動，它的身體也在被腐蝕，行動越來越緩慢。

小笨貓警惕地看了一眼頭頂上方憤怒的機械鱷魚，然後探頭朝下看——深不見底的裂縫深處，彷彿傳來一陣源自遠古的縹緲的雷雨聲。

「得快點兒離開這裏，小牛撐不了太久。」小笨貓焦急地說。

「沐恩……注意……」小白雲的聲音變得時斷時續，通信似乎受到了嚴重干擾。

忽然，湖底裂縫的深處，依稀出現了一個小小的黑點。當黑點衝出裂口時，小笨貓發現，那竟是一隻拳頭大小的紅色甲蟲！牠閃着黯淡紅光，似乎遭受到了巨大驚嚇而慌不擇路，一頭撞到了扭蛋艙上。

「……不會吧，這不就是全息影像中的生命聖甲蟲嗎？！」小笨貓目瞪口呆。眼看生命聖甲蟲昏頭昏腦地朝機械鱷魚的方向衝去，他趕緊操控小牛四號準備抓捕。

就在這時，一條西瓜大小的機械燈籠魚衝出了裂口，驟停在扭蛋艙前。

「這……又是什麼？」小笨貓驚愕地呢喃。他驚訝地看到，機械燈籠魚的身體由一個暗紫色金屬骨架構成，骨架上閃耀着古樸典雅的異域花紋。

啪！

機械燈籠魚發出一聲脆響，在牠空無一物的眼眶中，一縷暗紫色的幽光漸漸被點亮。牠完全無視扭蛋艙，眨眼間便追上了生命聖甲蟲，並且一口吞噬掉！隨即，牠在湖底旁若無人地嬉戲。骨架上的暗紫色幽光被湖水折射，幻化出一條條細長的紫色燈絲，纏繞密布至牠的金屬尾鰭上。

機械燈籠魚大口咬着附近的金屬垃圾，身體隨着吞食動作而迅速變大。當吞食完半截卡車頭後，牠已經和機械鱷魚一般大小了！

機械鱷魚見勢不妙，轉身就要逃跑，但機械燈籠魚的速度比機械鱷魚快得多。牠追過去，張開布滿長長鋼鐵尖牙的血盆大口，一口咬住機械鱷魚，然後瘋狂地撕咬，將其連同吸鐵石一起吞入了腹中！機械燈籠魚開合着巨大的嘴巴，似乎正在回味剛才的美味。牠的身體再次膨脹變大，如今看起來就像一艘中型遊艇。

小笨貓難以置信地張大嘴，呆在了原地。如噩夢般困擾着他的吸鐵石竟如此輕易地便被機械燈籠魚吞食了！更令他感到恐懼的是，機械燈籠魚慢慢轉過了身，朝小牛四號看了過來。

「小⋯⋯小牛，當心⋯⋯」小笨貓已經害怕得幾乎發不出聲音了。機械燈籠魚死死地盯着下一份「食

物」，擺動着發出刺眼紫光的尾鰭，朝他游了過來。

「惡作劇垃圾槍！」小笨貓大喊道。小牛四號抬起一條機械臂，可它還沒來得及發射，巨型燈籠魚就張開了山洞般的大嘴，咬掉了這條機械臂！

零件和鐵皮在水中散開來。但一條機械臂顯然滿足不了機械燈籠魚的胃口，牠再次張開長滿了鋼鐵尖牙的大嘴。

「快跑！」小笨貓大聲尖叫。

小牛四號轉動滾輪，飛快地奔逃。然而，對於機械燈籠魚而言，這種速度幾乎等同於遲緩的浮游生物，根本不值一提。

「糟糕——」眼看機械燈籠魚在他們身後不足十米處張開了血盆大口，小笨貓渾身的血液都快凝固了。正當扭蛋艙就要落入機械燈籠魚口中時，小牛四號突然轉過身，將小笨貓和扭蛋艙護在了身後！機械燈籠魚長長的鋼牙瞬間咬上了小牛四號，周圍的湖水中立刻滲出一大片黑亮的機油……

「小牛！」小笨貓驚惶地大喊。

機械燈籠魚咬緊小牛四號，在湖水中狂躁地用力亂甩。綁在小牛四號後方的扭蛋艙在劇烈的晃動中掉落下來，沉向了湖底。小牛四號用僅剩的一條機械臂死死地抓住機械燈籠魚的尖牙，奮力抵抗。

「小牛！堅持住！我想辦法救你！」小笨貓心急如焚地大叫，「小白雲！快幫我檢測小牛四號的狀況！」

「好的。」小白雲回答。

小牛四號的全息影像出現在小笨貓面前，過半部位亮起了代表損毀的紅光。此時，機械燈籠魚似乎因為無法吞食小牛四號而變得越來越暴怒，牠猛地擺動尾巴，帶着小牛四號朝附近的礁石用力衝撞過去。

砰！

小牛四號的機身被撞得嚴重變形，損毀部位已經達到了80%。

「對了，小白雲！我記得光腦儀會發射激光！」小笨貓心急如焚地大叫道，「快攻擊那條怪魚！」

「攻擊系統已損壞。」小白雲説，「建議啟動彈跳系統。」

「立即啟動！小牛！挺住！我來了！」小笨貓大喊，他已經什麼都顧不上了，「我要撞飛這個混蛋！」

扭蛋艙開始在湖底彈跳，並且越跳越高。

「沐⋯⋯沐恩⋯⋯危險。」突然，扭蛋艙裏斷斷續續地響起了小牛四號的聲音，「請⋯⋯請你迅速離⋯⋯離開。」

小笨貓愣住了，焦急萬分地大聲説：「不行，要走一起走！我不能讓你被這條破魚吃掉！」

「你⋯⋯你不能，你還有任⋯⋯任務沒有完成。」小牛四號虛弱地説着，再一次被機械燈籠魚甩到了礁石上，剩下的滾輪也掉落了下來，「啟⋯⋯啟動情感模擬程序——讀取記憶存檔。」

小牛四號説完，小笨貓身旁的虛擬顯示屏閃爍了幾下，突然出現了他放大的臉，這是小牛四號自動錄製並剪輯過的影像。

屏幕中的小笨貓好像在查看什麼似的，高興地睜大了眼睛。

「太好了！新的芯片可以使用，小牛活過來了！」在屏幕的角落處，一個拳頭大小的小牛四號頭像正惺忪地眨巴着眼睛，像個剛睡醒的孩子。

虛擬顯示屏再次閃爍，映出了小笨貓疲倦的身影。這時他正在爛車營地不分晝夜地修理和改造小牛四號。他一會兒煩躁地抓耳撓腮，一會兒興奮地大呼小叫。位於屏幕下方的小牛四號的頭像感動地睜大了眼睛。

畫面再次切換，屏幕裏傳來了激烈的叫喊聲，小牛四號和野豬攔路者正在水星公園比賽。野豬攔路者的鐵拳一次次砸過來，小笨貓在旁邊大聲鼓舞着小牛四號。終於，他們贏得了比賽的勝利！小笨貓緊緊地擁抱着小牛四號⋯⋯這時，小牛四號的頭像竟然笑了起來，頭上綻開了一小朵燦爛的煙花。

　　畫面再次切換，小笨貓在黃昏的海邊高聲叫喊：「我要成為像火焰菲克那樣的大英雄！我要去看看外面的世界，去新京海市找媽媽！」小牛四號看着小笨貓，就像在仰視一位高大的英雄。

　　突然，畫面上沾滿了水珠，模模糊糊地顯現出小笨貓在暴雨中送包裹、打工掙錢的畫面。夕陽下，小笨貓開心地吃着烤餅，小牛四號的頭像則在補充機油。

　　畫面又一次切換，顯現出小笨貓倔強而憔悴的側臉。小笨貓記得，這是他用智能拖車拉着芯片損壞的小牛四號，在公路邊走投無路的模樣。

　　一位長着絡腮鬍的大叔從皮卡中探出頭，朝失去芯片的小牛四號努了努嘴：「小鬼，這堆垃圾你賣嗎？」

　　「不賣，大叔。這是我的朋友。」小笨貓毫不猶豫地回答道。

　　……

　　漸漸地，屏幕中的畫面變成了無數雪花點，並且發出陣陣噪聲。無數回憶的畫面如潮水般向小笨貓湧來。他以為影像已經結束，然而這時，噪聲戛然而止，一個稚嫩的聲音清晰地響了起來。

　　「小牛，能聽見我説話嗎？」

　　屏幕中的雪花點漸漸變成了耀眼的陽光，畫面跳轉回了四年前。

在夕陽下的稻草堆農場裏，八歲的小沐恩站在草垛上，抬頭看向小牛機器人。他的臉上滿是污漬，笑容卻十分燦爛。在這一天，他和小小軍團的伙伴們從網上將這個小牛機器人領回了家。

「小牛，這個名字你喜歡嗎？」小笨貓開心地問。

「沐恩，你做得很棒！」小牛機器人圓溜溜的汽燈眼睛綻放出明亮的白光，「從現在開始，我是你的保姆機器人。」

「還從來沒有人誇過我……」小笨貓感動地用手蹭了蹭發酸的鼻子，「每個人都覺得我是麻煩的小鬼。」

「沐恩，你做得很棒。」小牛機器人喃喃地重複着。它抬起不太靈活的手，摸了摸小沐恩的頭。

「哎！我是男子漢！不要這樣！」小笨貓躲開它的撫摸，反而伸出了拳頭，「小牛，記住，這才是男子漢打招呼的方式！以後我們就是最好的朋友了！」

小牛機器人遲疑了片刻，緩緩抬起機械臂，和小笨貓碰了一下拳頭。小笨貓髒兮兮的臉，露出了極為滿足的笑容。

畫面定格於此。

此時，小笨貓的臉已被淚水浸濕。他只能眼睜睜地看着小牛四號——他最好的朋友，身體被機械燈籠魚的尖牙貫穿、撕碎，而他卻一籌莫展，無能為力。他有一種

直覺，那個美好的傍晚，他和小牛四號也許再也回不去了。這種危機感令小笨貓迅速振作起來，他用力擦乾淚水，目光變得無比堅定。

「小牛四號，你是我最好的朋友！如果連你都不能保護，我還當什麼大英雄？！小白雲，啟動彈跳程序！我要撞飛這條怪魚！」小笨貓吶喊道。

「沐恩和小牛四號的意見不統一，用『石頭、剪刀、布』做決定。」小牛四號突然大聲說，它吃力地抬起僅剩的機械臂，手掌如往常一樣做出剪刀的形狀。

「你贏不了我的，小牛四號！」小笨貓慌張地伸出拳頭。

「沐恩獲勝。」小牛四號虛弱無力的聲音傳進了小笨貓的耳朵，「但這一次的勝負規則是：贏的一方，要活下去。」

小笨貓愣在了那裏。他從來沒想過，小牛四號根本不是因為只能出「剪刀」，才讓他在每次的「石頭、剪刀、布」比賽中獲勝，小牛四號是希望他能開心。

這時，小牛四號僅有的機械臂也被機械燈籠魚吞食了。

「保⋯⋯保護主人人工智能防禦程序啟⋯⋯啟動，打開所⋯⋯所有動力源，啟動自爆程序。」小牛四號的聲音在扭蛋艙裏輕輕回響。

「小牛，自爆程序只是我教你的障眼法！你沒有這個功能！再想想其他辦法！」小笨貓哭喊道，胡亂地拍打着扭蛋艙的控制面板，「小白雲，快回答我！我要去救小牛四號！」

「我很抱歉，沐恩。鴻鵠防禦盾的程序被設定為：以人類生存為第一優先守則。」小白雲回答，「你的行為危險系數過高，我無法接受指令。」

「可惡！」小笨貓的淚水流淌進嘴裏。

「小牛四號……很高興陪伴……沐恩……度過愉快時光。」小牛四號轉過頭，汽燈眼睛發射出兩束白光，溫柔地照射着小笨貓被眼淚浸濕的臉龐，「朋友……祝你晚安。」小牛四號輕輕揚起金屬眉毛，展露一個溫柔的笑顏。

「小牛四號——」小笨貓悲傷地呼喊起來。

在小牛四號的電池艙中，六塊電池突然開始膨脹，發出了刺眼的黃色火花。緊接着，黃色火花在機械燈籠魚的嘴裏炸裂，湧起了巨大的水浪……

小笨貓悲傷得無法自已。

機械燈籠魚張大了嘴，發出憤怒的嘶吼聲。可是，當爆炸的水花散去，機械燈籠魚竟然毫髮無損。不僅如此，牠的身體似乎又變大了一點兒。牠轉過身，朝小笨貓所在的扭蛋艙猛衝了過來！

小笨貓仍沉浸在失去小牛四號的悲傷中，一時間無法反應。

「開啟導航，開始彈跳！」小白雲突然說話了。於是，扭蛋艙在湖底蹦跳着，快速前進。巨型機械燈籠魚在後方緊追不捨。

慢慢地，小笨貓眼中的悲傷已經被仇恨與憤怒所替代。他感到身體裏有一股能量在飛快上湧，並在後脖頸處漸漸凝聚……小笨貓恨不得衝出扭蛋艙，將機械燈籠魚撕扯成碎片，為小牛四號報仇。

「沐恩，請保持冷靜。」小白雲提醒他，「不要浪費小牛四號為你爭取來的逃生機會。」

小笨貓愣了愣，從悲憤帶來的眩暈感中漸漸冷靜和清醒。他鎮定下來，目光變得銳利而堅定。

「小白雲！如果附近有洞穴，馬上躲進去！」小笨貓高喊，「我一定不能有事！我答應過小牛四號，它壞掉一萬次，我就把它修好一萬次！我要再去月光街！就算小牛四號只剩下一塊鐵皮，我也要把它修好！」

「前方三百米處有岩洞。現在加速前往。」小白雲說。扭蛋艙一路飛奔，衝進了一塊巨大岩石下方的洞穴中。

機械燈籠魚很想擠進這個不足牠身體一半大的岩洞裏，然而岩石格外堅硬，牠只能在洞外氣急敗壞地衝

撞，久久不願離去。

小笨貓心驚肉跳地坐在扭蛋艙裏，觀察着機械燈籠魚的動靜。不知道過了多久，洞外終於安靜下來了⋯⋯小笨貓長長地舒了一口氣，渾身癱在座椅上，失去小牛四號的悲傷再一次襲來。

「小牛四號是保姆機器人，本來沒有自毀程序。可是為什麼⋯⋯」小笨貓哽咽着喃喃自語。

「因為小牛四號擁有情感模擬系統。它的芯片在月光街被修復後，系統被完全激活。因此，它和人類一樣，能因為極端的情感而做出超出常規的事情。」小白雲解釋道，「情感能讓絕大多數人將『不可能』的事情變得『可能』。但機器人擁有情感是一種禁忌，所以它的毀滅也許並不是一件壞事。」

「沒錯，小牛四號只是一台機器人。」小笨貓用力抹着眼中不停湧出的淚水，「我不管別人怎麼想，我只知道，小牛四號是我的朋友！」

扭蛋艙裏突然亮起了紅燈。

「注意！檢測到危險熱能，來自——」小白雲的話還沒有說完，洞穴的頂端突然塌陷了，大大小小的岩石砸落下來。

小笨貓震驚地抬起頭——巨型機械燈籠魚竟然用身體撞開了洞穴，咧開大嘴朝他衝了過來！

　　小笨貓驚恐得忘記了呼吸，下意識地用胳膊抱住了頭。霎時間，他和扭蛋艙被機械燈籠魚整個吞了下去……

第4幕‧結束

第 **5** 幕

星域光蛇

　　小笨貓感覺自己就像一片落葉，飄盪在無窮無盡的
黑暗中。

　　不知道過了多久，他隱約聽見遠處傳來一個聲音：
「已着陸……氧氣含量穩定……沐恩……」他掙扎着睜
開眼睛，模糊的視線中，周圍的警報紅燈正在飛快地閃
爍。

　　「我……居然還活着？」小笨貓昏昏沉沉地坐起

來，渾身酸軟無力。

「你的生命體徵目前正常，不用擔心。」小白雲回答。

小笨貓稍微活動了一下身體，轉頭看向扭蛋艙外，難以置信地用力揉了揉眼睛。

這是一片蒼茫又崎嶇的冰原，漫天風雪幾乎遮住了四周的一切景象，只能模糊地看見遠處被白雪覆蓋的連綿險山，整個世界幾乎沒有一絲生命的活氣。

「此處的磁場混……亂，我無法進……行準確定位。」小白雲的聲音變得斷斷續續，虛擬顯示屏上閃爍着「定位失敗」的提示，「根據……對周圍地質的分析，你正……在六億四千萬年前，地……球的高原地帶——目前推……斷為，你遇上了時……空亂流……」

「六億四千萬年前？」小笨貓難以置信地瞪大眼睛，腦子亂成了一鍋粥，「小白雲，你的分析程序多半是出錯了吧？我記得自己剛才被那條機械燈籠魚吞進了肚子裏……」小笨貓感覺自己越說越糊塗，此刻的他，究竟身處現實還是夢境呢？

「啟……動智……能駕駛……」

「小白雲！小白雲！」

小白雲的聲音被嘈雜的電流音吞沒了。絕望的小笨貓拼命敲擊通話鍵，卻沒有任何回應。

就在這時，天空中密布的濃雲激烈地湧動起來。

小笨貓緊張地半瞇着眼睛抬起頭，發現一大團陰影在灰濛濛的雲層中變得越來越巨大，越來越清晰。沒過多久，一個龐然大物緩緩地穿過了雲層，悄無聲息地降臨在冰天雪地中。

那是一艘銀白色球形金屬飛船，幾乎和整個廢鐵鎮一般大小，外殼上有着神秘而奇異的紋路，閃爍着幽藍的光。無數金屬碎片如隕石環一般，圍繞着飛船緩慢旋轉。

神秘球形飛船在距離地面不到一百米處，懸浮着停了下來。

幾個身影從飛船的底部緩慢降落下來，朝遠處的狂風暴雪中走去。牠們細長而柔韌的觸鬚在半空中擺動，額頭上的電子獨眼在皚皚白雪中忽閃着紅光，看上去像直立行走的機械水母。

其中一個機械水母的觸鬚上捲着一枚「金屬繭」。繭殼上的微弱紅光忽明忽暗，彷彿金屬繭正在呼吸一般。呼嘯的風雪中，隱約傳來一陣難以形容的神秘電波，充滿了傷感和悲涼……小笨貓的情緒似乎與電波產生了共鳴，他感到一陣心酸難過，雙眼不自覺地溢滿了淚水，不到一會兒便淚流滿面。

「我感覺牠失去了很重要的伙伴，就像我失去了小

牛四號一樣。」小笨貓用手擦乾臉頰，但不停湧出的眼淚很快再次將他的臉浸濕。

小笨貓很想跟過去看看。這時，整個空間地動山搖，扭蛋艙周圍的冰原和遠處的山巒，甚至連巨大的球形飛船，全都變成了皚皚白雪，並且開始鋪天蓋地地崩塌！小笨貓驚愕地看着周圍的雪粒和冰碴兒被狂風席捲着飛速旋轉，在扭蛋艙的前方形成了一個雪白的時空隧道，白色的霧氣在隧道中氤氳瀰漫。

「發生了什麼？」小笨貓驚詫地問，但沒有人回答他。深入骨髓的驚恐和無助感，讓他緊張得難以呼吸。

更令他害怕的是，扭蛋艙開始被一股不明來歷的引力所吸引，不受控制地朝時空隧道的深處移動。小笨貓感覺身體在被一股巨大的力量擠壓，他痛苦地大聲叫喊起來。好在這樣的感覺幾秒鐘後便消失了。而此時，形成隧道的冰雪開始消融，化作波濤洶湧的海水漩渦。

扭蛋艙在自動駕駛，它靈巧地躲避着四周此起彼伏的巨浪，但仍然被拍打得搖搖晃晃。小笨貓感覺到一陣陣頭暈目眩。

這時，一條怪魚突然在他頭頂上方的海水中探出了頭，發出一聲震耳欲聾的吼叫。他定睛一看——竟是一條十幾米長的蛇頸龍！不僅如此，他這才察覺到，許多奇奇怪怪的海洋生物正在周圍的海水中遊蕩。牠們大多

體形巨大，並且長相兇殘，巨型海龜、史前烏賊，甚至連巨齒鯊都在其中……小笨貓膽戰心驚地將後背緊貼在座椅上。

但海洋生物們並沒有攻擊小笨貓，反而逃命般慌慌張張地鑽進了扭蛋艙左側的海水裏。一個米粒大小的銀色能量光球像捕食的獵人一樣緊隨其後，毫不猶豫地衝進了海洋生物們掀起的海浪中。

眨眼間，扭蛋艙衝進了海水隧道前方的一大團灰濛濛的雲霧中，確切地說，這些雲霧是戰爭的滾滾硝煙。小笨貓心驚肉跳地發覺，顯示器上的時間竟已經過去了好幾千萬年。

遍地殘骸無數——古代兵器、士兵的盔甲，以及斷裂的城牆，甚至還有破舊的蒸汽火車、殘缺的戰鬥機翼、壞損的槍炮、被燒毀的房屋，都隨着狂風暴雨和震耳欲聾的號角聲、爆炸聲，在灰白色的煙塵中漫天飛散。

小笨貓乘坐着扭蛋艙，在半空中左躲右閃。他從一片廢墟旁經過時，發現剛才那個銀色能量光球正吸附在上面，它看起來變大了一點兒。

他還來不及仔細觀察能量光球，扭蛋艙便衝出了雲霧，嘈雜的喧囂迎面而來。這次，他遊走在一段方形時空隧道中。這段隧道不足百米，四壁竟是四條街道，並且橫跨數個白天與黑夜，看上去就像籠罩着斑駁的雲影。

隧道的「天花板」上，高樓大廈如吊掛在藤蔓上的瓜果向下垂着；左右兩邊的隧道壁上，建築則參差不齊，霓虹閃爍，各領域精英們的巨大全息影像在高樓的外牆微笑或是揮手；大大小小的電子廣告牌裏播放着華麗的廣告或是新聞報道。在巨大的喧鬧聲中，小笨貓勉強聽清楚了幾個高亢的聲音。

「……首次登月成功，人類的一小步，歷史的一大步。」

「互聯網是本世紀末最偉大的發明……」

「……全世界三十七個國家，數百家科技企業簽署『天網計劃』，並招募全球最頂尖的數萬名科學家，投建『奇異果公司』。」

而在時空隧道的「地面」，則完全是另一番景象──低矮的樓房內燈光幽暗，充斥着狂躁的音樂。屋頂旁懸浮着各種廣告招牌的虛擬投影──有可長期租賃的「膠囊公寓」，有可延年益壽的「養生艙」，還有可在虛擬世界放飛自我的「漫遊夢域」……

忽然，能量光球在半空中出現。小笨貓彷彿被某種神秘力量指引，乘坐扭蛋艙跟隨它一起離開街道，穿過光線昏暗的機器人工廠──這裏有成百上千個人形機器人，它們的金屬骨骼被環形鋼鐵架支撐着，用線纜捆綁着，排成了列，一雙雙空洞的機械眼在昏暗中閃着幽幽

的冷光。

能量光球突然衝向機器人工廠的大門。就在這一瞬間，門外突然響起劇烈的爆炸聲。一團強烈的火光衝破了工廠鐵門，瞬間將工廠中的一切燒為灰燼。小笨貓驚恐地用手臂緊緊地抱住了頭。然而，一兩秒鐘過去後，又似乎什麼都沒有發生。

小笨貓困惑極了。他緩緩放下手臂，發現此刻自己竟處在一個炮火紛飛的戰場中。時間顯示為宇宙曆2062年，地點竟是火星！

這是一大片火紅色的荒原。

天空中，幾十架無人駕駛戰鬥機和數百個外形像雙足野獸的獨眼機械士兵組成的智能人軍隊，正朝着人類軍隊瘋狂地開火射擊。

幾位穿着外骨骼機甲、駕駛着動力機甲的人類戰士英勇地衝殺在最前方，率領着全副武裝的人類士兵和裝甲坦克，向智能人大軍發起了衝鋒。

在戰場的中央，兩個巨型機器人正在激烈地交戰！其中一個正是傳奇級機器人——星海戰神！

小笨貓難以置信地看着巨型機器人們激烈戰鬥的景象，震驚得幾乎無法呼吸。

就在這時，他突然注意到，在瀰漫的硝煙中，那個能量光球正潛伏在一個草堆下，飛快地閃爍着光芒。彷彿

被它召喚一般，一顆燃燒着的巨大火球突然從天而降，朝能量光球所在的方向墜落下去，砸出了一個巨坑，既而引發了劇烈爆炸……

小笨貓的心猛地收緊。人類戰士和智能人戰士慘叫着，被滾滾濃煙吞沒……

「啊！」小笨貓驚呼，感到了一股強大的吸力。接着，他和扭蛋艙一起翻滾着，被捲入了漆黑的煙塵中。

隱約間，他聽見一個興奮的尖細叫聲，像是某種奇怪的蟲鳴。

當一切安靜下來之後，小笨貓急促地喘息着，緩緩睜開了眼睛。此時，硝煙早已散去。在視線盡頭，一片片星雲宛若華麗的天鵝絨，不斷閃爍着迷人的光澤。扭蛋艙孤獨地飄浮在星雲中，就像遊蕩在黑暗裏的魅影。

無數顆形狀怪異的「星球」和「隕石」正在緩慢地運動着。它們大部分都殘缺不全，有的像大型機械動物的殘骸，空洞的「眼睛」裏閃爍着猩紅或熒綠的光；有的長滿了髮絲般纖細的觸鬚，發出冰藍或暗紫的光；還有一個四五十米高的金屬塊，被一團暗紅色的星雲包裹着，隨着暗紅星雲緩緩地分裂成一個個小「氣泡」，金屬塊也隨之被分割開來，和暗紅色的小氣泡一起，向四周飄遠。

這時，他發現顯示屏上的時間已經消失，扭蛋艙裏

也沒有了燈光。小笨貓對着按鈕焦急地亂摁一氣，然而一切都毫無反應——他似乎已經完全迷失在了時空亂流中。

「可惡！」小笨貓無奈地用力捶了一下座椅扶手，「早知道，我寧願送一萬次快遞，也不接這個『生命聖甲蟲』任務！」

他懊惱而又無助地喘着粗氣。

忽然，小笨貓注意到，扭蛋艙外的黑暗盡頭處亮起了一個銀色光點。不僅如此，光點朝他的方向飛了過來，而且變得越來越大，越來越亮，先是變成了一個光球，最後又變成了近百米長的能量光帶。它就像一條發光的半透明巨蛇，又彷彿一條裹挾着無數璀璨星辰的銀河。

「警告，監測到前方有高能量反應！分析結果為：未知純能量生命體。」駕駛艙內的警告聲只響了一次，隨即便戛然而止。

光蛇在扭蛋艙外與小笨貓四目相對，雙眼閃爍着冰冷的銀光，張開的大嘴發出陣陣野獸般低沉的吼叫聲，兩顆長長的獠牙就像鋒利的冰錐，那遒勁有力的身體肆無忌憚地將兩邊的星雲拍散成無數細碎的光點。

小笨貓難以置信地望着眼前這個龐然大物，感到一陣陣窒息。他感覺這條光蛇隨時都會將扭蛋艙和他一起

吞進嘴裏，牠之所以沒有馬上行動，大概是對他有些好奇。

　　小笨貓的雙手在周圍四處摸索，尋找着能保護自己的武器。忽然，他的指尖觸碰到一個小鐵瓶——那是一瓶噴霧，紅色的瓶身上畫着一隻甲蟲，旁邊是用他看不懂的文字寫的長長的使用說明。他想起來，小白雲叮囑過，扭蛋艙裏有一瓶對付生命聖甲蟲的緩蝕劑，可以令其短暫昏迷。也許，緩蝕劑對光蛇也會有效果。

　　光蛇察覺到了小笨貓的意圖，張大嘴朝他呵出氣流。小笨貓急促地呼吸着，但更令他恐懼的是，光蛇的頭竟穿過了扭蛋艙前的透明玻璃，在距離小笨貓鼻尖約一厘米處停了下來。

　　小笨貓瞪大了眼睛，冷汗直冒。他張了幾下嘴，卻彷彿陷入了最深沉的夢魘般，再也發不出一絲聲音。

　　光蛇張開大口，準備朝小笨貓咬過來——

　　就在這時，小笨貓猛地舉起手中的緩蝕劑，不顧一切地朝光蛇噴了過去！

　　一股刺鼻的氣味在扭蛋艙內瀰漫，小笨貓咳嗽不止，但光蛇對緩蝕劑的反應似乎更加強烈。

　　「嘰——嘎——」牠將頭縮了回去，痛苦地扭動身體，沾上緩蝕劑的嘴裏冒出了一股綠煙。

　　小笨貓緊緊靠在座椅上，戰戰兢兢，不知所措。

光蛇緩緩地直起上半身，俯視着小笨貓，雙眼閃爍着憤怒的光。忽然，牠再次朝小笨貓猛衝過來。

「啊啊——滾開——」小笨貓發瘋般地尖叫着，用力摁下緩蝕劑的噴頭，持續朝光蛇噴射。但令他意外的是，光蛇的身體竟突然縮小了。牠左右躲閃，最後竟變得只有一條蚯蚓那樣大。霎時間，小光蛇衝進扭蛋艙，徑直鑽進了小笨貓的左眼！

小笨貓立刻捂住左眼，痛苦地彎下了腰。緊接着，他的脖子有一種刺骨的灼燒感，他發覺自己的腦袋裏似乎有什麼東西在一邊飛快地遊走，一邊發出尖銳的呼嘯聲。恐懼就像極度的寒冷，滲透進小笨貓的身體裏、血液中。

「出……出來……滾開！」他驚慌失措的大叫道，慌亂中將緩蝕劑瘋狂地噴灑在自己的臉上、頭髮上，想把小光蛇驅趕出來。然而，這似乎起了反作用，潛入他大腦的小光蛇受到了刺激，像到處亂撞的無頭蒼蠅般扭動得更加激烈了，並且發出一陣陣山呼海嘯般的可怕尖叫聲。

小笨貓在巨大的恐懼中完全失去了理智。他看了一眼手中的鐵瓶，用力擰開蓋子，仰頭將剩下的緩蝕劑喝了一大半。

「看你……還能撐多久……」他虛弱地抹了一下嘴

角，腦海裏又響起了撕心裂肺般的慘叫聲。這時，他突然感到脖頸麻痺，完全無法呼吸，並且渾身的每一寸肌膚，每一處骨骼和肌肉，以及五臟六腑，都彷彿浸泡在無比灼熱的熔岩裏，痛不欲生。

小笨貓在駕駛座上痛苦地掙扎，五官因為劇烈的疼痛而扭曲。他用眼角的餘光瞥到了自己手上緊握着的鐵瓶——在說明文字之後，竟有劇毒標記！

他的心咯噔一沉，絕望擊潰了他的最後一道心理防線，巨大的痛苦排山倒海般壓來。他的身體猛烈抽搐着，雙眼失去了焦距，意識也變得越來越模糊，尖叫聲在他腦海中忽近忽遠，漸漸消失了……

就在他的意識即將完全陷入黑暗時，疼痛感竟驟然消失了！小笨貓感覺到一種難以名狀的輕鬆。他喘着粗氣，發現周圍的一切就像摁了暫停鍵般靜止了下來。

潑灑出的緩蝕劑靜止在半空中，就連駕駛艙外的星雲也不再閃爍和移動了。

「怎麼回事？」小笨貓在座椅上虛弱地自言自語。這時，一個半透明的光團晃晃悠悠地從他的左眼中飄了出來，並在他面前漸漸變大，最後竟恢復成了光蛇的模樣。雖然牠的神態疲倦極了，但仍然讓小笨貓感到心驚膽戰。

「呵……」光蛇頎長的身體盤繞在扭蛋艙外，傳出時斷時續的氣流聲。扭蛋艙兩側的虛擬顯示屏亮了，其中左側的屏幕上顯現出無數個數字0和1，並且隨着光蛇發出的氣流聲無序地排列組合，右側的虛擬屏上是對這些數字信號的翻譯文字：

「幹得不錯，小子。要不是你，我都已經忘記疼痛是什麼滋味了。」

「你……在和我說話？」小笨貓震驚地看着光蛇，

「你到底是誰……這是哪裏……」

「我就在你的腦海裏……小鬼，生命短暫，別去關心那些不重要的問題。」

右側虛擬屏上飛快地顯示着翻譯文字。

「感覺到了嗎？你正在湮滅的過程中——閉上眼睛吧，這只是一場夢。等你醒來的時候，所有的痛苦都會消失……」

「我……拒絕。」小笨貓倔強地回答道，「如果我睡着了，恐怕再也醒不過來了——你會控制我的身體，冒充我去做壞事……漫畫和電影裏都是這樣説的！」

光蛇惱怒地凝視着他，屏幕上的數位和文字出現得飛快：「漫畫和電影是什麼……我要湮滅它們！至於現在，你已被我感召，將會湮滅在它們之前！整個宇宙都是我的獵場。湮滅吧……你會明白永恆的樂趣！」

小笨貓嚇得渾身癱軟。他用力吞嚥了一口唾沫，強迫自己穩定情緒：「如果你能吃掉我，早就這樣做了，根本不需要大費周章地和我説這些……」

「小鬼，我有的是辦法對付你。」光蛇彎下腰身，牠那幾乎和小笨貓一樣大小的眼睛，閃爍着可怕的寒光。

「是嗎……對付你的方法，我卻只有一個！」小笨貓將手裏一直握着的緩蝕劑高高舉起，大聲説，「與其被

你控制身體，我寧願和你同歸於盡！」

　　光蛇怒不可遏地扭動着身體，發出震耳欲聾的氣流聲。就連空中的星雲都彷彿感應到了牠的情緒，重新洶湧地湧動起來。

　　「渺小而卑微的思想。難道你忘了你的機器人朋友在爆炸前說的話了嗎？」光蛇突然冷冷地開口說道。

　　「你是說小牛？」小笨貓看了一眼翻譯文字，驚呼道，「你怎麼會知道……」

　　光蛇輕蔑地笑了：「從機械燈籠魚吞下它的那一刻起，它儲存在芯片中的所有記憶就已經和我融為一體。」

　　「那條機械燈籠魚是被你操縱的！」小笨貓氣得渾身顫抖，「你是害死小牛的真正兇手！」

　　「是它自己選擇了為你獻身。」光蛇孤傲地抬起頭，「那該死的『情感模擬程序』就像是噁心的病毒，竟然令我對你有一絲猶豫，讓你得到了反抗的機會。」

　　這時，小牛四號殘損的身體，從遠處緩緩地飄浮過來。

　　「小牛！」小笨貓驚訝地趴在扭蛋艙的玻璃上，他沉思了幾秒鐘後，咬牙看着光蛇，「我有幾個條件！」

　　光蛇暴怒地甩動身體，星雲翻江倒海般地湧動起來：「我從不和誰談條件！」

「那就免談。」小笨貓固執地説。突然，他感到疼痛感正在逐漸復蘇，光蛇的身體忽明忽暗地閃爍起來。

「可惡……時間到了。」光蛇將頭湊到小笨貓面前，怒氣沖天地瞪着他，「好吧，小鬼，你到底想提什麼條件？」

「第一，帶我離開這裏；第二，不許和我爭奪身體的控制權。」小笨貓説，「第三，把小牛還給我。」

「那堆爛鐵只是一個完全報廢的軀殼，要了有何用？」光蛇不以為然地噴着氣，「我不喜歡那傢伙。」

「它是我的朋友！」小笨貓斬釘截鐵地説。

「好吧，好吧！我答應你，這些只是微不足道的小事。但我也有一個條件。」

「是什麼？」小笨貓警惕地問。

光蛇怒火中燒，顯示屏上的數位信號與翻譯文字暴走一般刷屏：

「此後，我會在你的大腦中短暫寄居，我們一損俱損。你噴射的緩蝕劑在緩慢侵蝕着我的意志，我只得分裂出能量體『壹』來淨化毒素。我剩餘的能量會化作『零』，它負責日常覓食，以及對你提供必要保護。當你陷入即將湮滅的絕境時，壹就會出現，幫你度過難關。同時，作為報酬，它也會得到你的一部分身體。」

小笨貓猶疑地皺緊了眉頭，似乎不太明白。

「公平極了。」光蛇不懷好意地説，「你的生命終會完結，而我也不可能永遠困頓。」

「好吧，我同意你的要求。」小笨貓點了點頭，他的身體越來越疼了。

「妙極了……」光蛇咧嘴笑了，「約定完成。從現在起，你就是我的宿主，這可是你無上的光榮。」牠朝小笨貓靠過來，身體在飛速變小，最後鑽進了他的左眼。

小笨貓突然感到一陣刺骨的寒意穿透了他的身體。而當他轉過頭，看見自己在玻璃上的倒影時，發現他的雙眼和頭髮竟全都變成了銀色，並且閃着冰雪般的寒光——就像光蛇一樣！

劇痛再次襲來。小笨貓痛苦地捂住脖子，在扭蛋艙裏用力撞擊自己的身體，彷彿這樣能減輕痛苦。他狂亂地大吼着，喉嚨裏發出的卻是光蛇粗重的氣流聲。

「可惡！差一點兒就成功了！」

「你……想強行控制我的身體！」小笨貓找回了自己的聲音，劇痛讓他變得清醒。他舉起緩蝕劑，義憤填膺地説：「你……不講信用！」

「好幸運的小鬼！你弱得還不如我身上的一粒灰塵。如果時間再多一點兒……」光蛇在小笨貓的大腦裏氣喘吁吁地説。

這時，周圍的空間開始猛烈震顫。

「這該死的緩蝕劑……不好，時間之橋……要坍塌了。」光蛇惱火地發出嘶嘶聲。

「時間之橋……是什麼？」小笨貓望着虛擬屏幕，強忍着劇痛問。

「哼，多此一問。想清楚了嗎，回到時間之橋的那一邊時，我們會是什麼模樣？」光蛇發出冷傲的氣流聲。

「模樣？」小笨貓迷惑地低語，腦海裏不自覺地浮現出「星海戰神」模模糊糊的影子。忽然間，他腦海中的影子化作了一道道月光般的銀色流光，流光互相連接、交織，飛快地勾勒出一張極其複雜而且古怪的電路圖，看起來像一張粗獷而恢宏的壁畫。

「這是……什麼？」小笨貓問。

「腦波紋路圖——有了它，你就能湮滅這世間的一切！小鬼，就讓你見識一下我的力量！」

虛擬屏上的數字信號與文字全都戛然而止。

銀色光團鑽出了小笨貓的左眼，像一顆流星般飛向不遠處的小牛四號的殘骸。小牛四號的雙眼竟然再次亮起了白光，重新「活」了過來！

不僅如此，「重生」後的小牛四號瘋狂地吞噬着周圍的奇怪星球和隕石，身體變得越來越大，小笨貓瞬間想起了那條可怕的機械燈籠魚。

接着，巨大的小牛四號發出了怪獸般震耳欲聾的咆哮聲，無數金屬碎片在它周圍飛快地旋轉，最後纏繞成一個巨大而粗糙的黑色鋼鐵巨繭。小笨貓驚恐萬狀的面容，被鋼鐵巨繭投下的黑色陰影緩慢吞沒……

第 5 幕 · 結束

鋼鐵巨人

　　此時，在尼古拉黑湖的湖面上，經久不息的火焰依然在狂野地躍動，黑色岩石裏噴射出的紅色火柱和黑色濃煙在半空中搖曳。

　　湖岸邊，一團小火光在夜風中瑟瑟發抖。

　　「輝哥……」司明威不安地站在湖邊，看着正用木棍攪動湖水的野原輝，「我們已經在這裏撈了一個多小時了，也沒有結果。要不，我們先回去吧？」

茅石強、茅石壯兄弟連連點頭。

「少囉唆！」野原輝憤懣地説，「笨貓坐火雞王座從天上掉下來都沒事，這麼一個小破湖，他怎麼可能上不來？更何況，在這個世界上，能終結笨貓的只能是我！」説着，他狐疑地到處張望，「這傢伙説不定正躲在什麼地方偷偷嘲笑我們。哼，我好像聞到他身上那股垃圾的酸臭味了……」

轟隆！

不遠處的樹林中突然傳來劇烈的爆炸聲。哈皮軍團的男孩兒們驚嚇得一跳三尺高，他們轉頭望去，卻只看見滾滾濃煙。

「輝哥，情況不對……」司明威哆哆嗦嗦地説。

「有什麼不對？」野原輝大大咧咧地叫嚷，「多半是笨貓在搞鬼！過去看看！」他手一揮，操控野豬攔路者朝濃煙處走了過去。

司明威和雙胞胎為難地交換了一下目光，無可奈何地跟了上去。

四個男孩兒在樹林中穿行，刺耳的金屬撞擊聲和震耳欲聾的爆炸聲交替傳來，黑暗的樹林中閃過一道道刺眼的紅光。

野原輝越往前走，腳步變得越緩慢。

他半瞇着眼睛查探前方的情況，樹林深處的人似乎

比他想像中多許多，並且正在激烈地打鬥。

「輝哥，笨貓不可能那麼勇猛……我們還是先撤吧。」司明威畏畏縮縮地拉了拉野原輝的衣角，野原輝牙疼般地咧開了嘴。

忽然，一個黑影從天而降，出現在他們的面前。

男孩兒們嚇得倒吸一口涼氣，這竟是一個兩米多高的電子守衞。它的甲殼身軀上傷痕纍纍，藍色的電子瞳孔接觸不良似的閃爍着，甲殼下方拖拉着幾條電線，閃爍着蒼白的電光。

「對……對不起！」「我們不是故意闖進來的！」雙胞胎瑟瑟發抖地不停道歉。然而，電子守衞沒有理睬他們，只是冒出一縷黑煙，便轟然倒地。男孩兒們驚慌失措地連連後退。

野原輝壯起膽子，操控野豬攔路者輕輕地踢了一下電子守衞——完全沒有反應。

「……它應該報廢了。」野原輝説。

「聽説，尼古拉黑湖的電子守衞是警察級機器人……」司明威驚訝地低語。

他的話音剛落，不遠處就接連響起槍聲。男孩兒們循聲望去，只見六七個電子守衞圍着三個身影，發射出密集的藍色光彈。

刺眼的藍光照亮了三個身影，這是三個樣貌古怪的

「人」——他們長着人類的面孔，身體卻是冰冷的金屬，他們是智能人。

其中一個是兩米多高的中年壯漢，他高高地舉起機械臂，張開了兩面弧形的綠色激光盾，將射向他和兩名同伴的光彈全都擋了下來。

另一個是身材精瘦、微微駝背的青年男子，他不耐煩地説：「這些無聊的鐵罐頭還真是沒勁，我都提不起興趣出手了。」他的眼睛細長，看上去像一隻狐狸，乾枯的頭髮向上豎立着，機械手臂的末端有兩把激光長刀。

「爆狐團長，速戰速決！」旁邊的年輕女智能人面容冷豔，腦後有數根電線編織的魚骨辮，正飛快地閃爍着紅光。她的指縫間出現三枚金屬飛鏢，就在她將飛鏢扔出去的一瞬間，旁邊三個攻擊她的電子守衛便倒下了。

女智能人在猩紅的火光中轉過頭，説道：「我們收到吸鐵石的信號，原本可以悄悄潛入這裏來調查，都怪你，非要拿這片區域的電子守衛開刀不可。」

「行了，冪砂，別總是嘮嘮叨叨的。」爆狐不耐煩地説，「你每天都一本正經地繃着臉，不覺得無聊嗎？人生要習慣苦中作樂！」他忽然高高地躍起，癲狂地大笑着揮舞機械臂。手起刀落間，四五個電子守衛已受到

重創。

「希望今天的工作能順利完成，還來得及回去看《毫無邏輯智能人脫口秀》。」被叫作灰熊的壯漢悶悶地說。他那光溜溜的頭嵌在格外壯實的身體上，看起來像發育不良的倭瓜。

「發現智能人入侵者……警報……警報……」最後一個電子守衞朝天空射出紅色預警彈。

灰熊伸出粗壯的機械手臂，抓住這個電子守衞，用力將他摁進泥地裏。「看來這次只能看重播的脫口秀了……」他失望地說。

很快，天空中出現了一個一閃一閃的墨綠色光點。

一艘巨大的墨綠色「凱旋門」戰機從天而降，機身連帶機翼在空中直接分裂成四瓣，並快速收縮、折疊，最終變形成四個藍綠相間的機械特警，落在三個智能人附近，將他們團團包圍。

哈皮軍團的男孩兒們和野豬攔路者一起躲在一塊大岩石後面，小心翼翼地冒出半個頭。

「我的天，連機械特警都出動了！」茅石強驚訝地低語道。

「終於，輪到我出場了。」野原輝說。

「輝哥，你要幹什麼？」司明威緊張地問，「別出去！雖然外面有機械特警，但那三個傢伙太危險了！」

「我打算偷襲！」野原輝抬起智能手環，摁下一個鍵，「那三個壞傢伙如果被機械特警幹掉，我們冒着這麼大危險待在這裏，豈不是沒有一點兒功勞？」

「説得對——先跟駱基士警長報備……再找幾個記者。」司明威狡猾地笑着説，「笨貓剛才掉進湖裏，肯定也是被這幾個壞蛋害的，輝哥你説呢？」

野原輝心領神會地點了點頭，接通了駱基士警長電話。

而此時，在樹林中，爆狐舉起了機械雙臂，輕蔑地打量着機械特警。「這些傢伙的模樣還真難看。」他説着，朝其中一個機械特警衝過去。

「砍瓜切菜——」爆狐高高跳起，揮舞着激光長刀。

機械特警的機械臂上出現了一個巨大的紅色激光迴旋鏢，朝爆狐發射過去。

「哼，小兒科！」爆狐冷笑着揮舞機械臂。但迴旋鏢竟中途改變了方向，繞到爆狐後背，將他擊中，劇痛讓爆狐重重地跌在了地上。

機械特警趁機朝爆狐舉起了激光槍。

「爆狐！」灰熊大喊一聲，張開了綠色激光盾，想要擋住射來的激光彈。但還是有一枚激光彈擦過激光盾的邊緣，將爆狐的一綹髮絲燒成了焦炭。

　　另外三個機械特警把握住時機，動作整齊劃一地舉起武器，展開了攻擊。

　　冪砂朝特警們扔出幾枚爆破飛鏢，但全都在半空中被擊中了。「嘖，這幾個傢伙沒那麼好對付。」冪砂鬱悶地撇了撇嘴。

　　灰熊吃力地高舉機械臂，兩面弧形激光盾被激光彈持續攻擊，開始出現裂痕：「不如……我們開啟狂暴狀態？」

　　「不行，破壞力太強，容易節外生枝。」冪砂回答，繼續朝特警扔爆破飛鏢，阻擋它們的攻擊，「想辦法把這些傢伙趕走就好。」

　　「混蛋……竟然敢打我的頭……」爆狐大叫着從地上爬了起來，氣得渾身發抖，背後的金屬齒輪飛快地旋轉，「這可是我上星期剛染好的頭髮……我要把你們大卸八塊，變成一堆廢鐵渣！」他握緊機械雙拳，憤怒地高聲尖叫：「爆裂飛輪——」

　　「爆狐團長，冷靜！」冪砂高聲喝止爆狐。

　　爆狐完全聽不進伙伴的勸説，拿出火光四射的金屬齒輪，用力甩了出去。機械特警們朝金屬齒輪瘋狂射擊，但毫無用處。

　　一眨眼的工夫，特警們的機械雙臂和金屬身體便被機械齒輪上的利刃切斷，像一堆廢鐵零件般散落一地，最

後轟然爆炸。

「……又來了。」幂砂在火光中捂住額頭，無奈地歎氣，「我們明明說好了低調行事。你幹掉他們，等於和星洲政府為敵……」

「那有什麼？！」爆狐不以為然地哼了一聲，「我爆狐的面子比天還重要！」

「那我們今天晚上，還繼續調查嗎？」灰熊問。

幂砂搖搖頭。

在大岩石後面，哈皮軍團的男孩兒們早已嚇得魂飛魄散。

「輝……輝哥，我們趕緊逃命吧……」司明威戰戰兢兢地說，「他們連機械特警都能幹掉，駱基士警長就算來了，恐怕也沒用……」

「好……好漢不爭一時之氣，撤……撤退吧！」茅石強瑟瑟發抖地說。

野原輝害怕得上下牙直打架：「我才不怕他們，但兄弟們的建議，我應該虛心接受……」他念叨着，發抖的手指竟不小心按到了機器人的遙控面板——野豬攔路者發出了一聲嚎叫。

男孩兒們的心臟幾乎都驟停了。

「還有沒被消滅的傢伙？！」爆狐怪叫着，和兩個同伴一起轉過頭。

野原輝趕緊操控手柄，想讓野豬攔路者趕緊安靜下來，慌亂中卻又一次摁錯了鍵。野豬攔路者發出一聲怒吼，然後朝三個智能人衝了過去。

野豬攔路者從大岩石後衝出，中途又折返了好幾次，最後像喝醉了酒似的，慢吞吞地衝到了爆狐跟前。野豬攔路者抬起機械臂，彷彿要朝爆狐敬禮，在爆狐困惑的眼神中，它突然發射出一把鐵鈎。

噹啷一聲，鐵鈎軟綿綿地擊中了爆狐的腦門兒，又掉落在地上。爆狐暴怒地打量面前的機器人，野豬攔路者戰慄着，金屬鼻孔上還掛着一滴機油……

「可惡，真氣人！就這麼個廢物，也敢在太歲頭上動土？！」爆狐揮拳便把野豬攔路者打翻在地。野豬攔路者圓滾滾的金屬肚皮頓時凹陷了下去。

「這個混……」野原輝被憤怒沖昏了頭，氣急敗壞地要衝出去找爆狐理論。其他幾個男孩兒嚇得面如死灰，趕緊將他拉住，死死地捂住了他的嘴。

「輝哥！不能去！」茅石強焦急地勸道。茅石壯也連忙點頭：「我們會暴露！」

「笨蛋！」司明威壓低聲音怒吼，「你們讓輝哥安靜，自己説話卻那麼大聲……」

「那邊好像有人？」幂砂警惕的聲音在不遠處響起。

　　四個男孩兒頓時噤聲，身體緊緊地貼在大岩石上，恨不得融化進去。

　　「我過去看看。」灰熊説着，邁着笨重的腳步朝大岩石走來。

　　男孩兒們躲藏在大岩石後，聽着灰熊越來越近的腳步聲，驚駭得連呼吸都忘記了。

　　轟隆隆隆——

　　就在灰熊快要走到大岩石邊時，尼古拉黑湖裏突然發出震耳欲聾的響聲，湖水連同湖岸，全都劇烈地震動起來。

　　「怎麼回事，地震了嗎？」灰熊困惑地説，快步走回到兩位伙伴的身邊。

　　「管它呢。」爆狐滿不在乎地説，「也許是湖底的火山噴發了。」

　　「你們看那裏。」冪砂指着湖面低聲説，「好像有什麼東西要出來了……」

　　尼古拉黑湖的水洶湧地翻滾起來。巨浪彷彿要毀天滅地一般，猛烈地拍打着湖中的岩石。從岩石中噴發出來的火柱一次次被巨浪撲滅，又一次次重新燃燒。

　　沒過多久，一個山峯般的龐然大物從湖水中央緩緩升起。在火光的映照下，它嶙峋的金屬外殼閃爍着冰寒刺骨的光澤。

「這是什麼？」冪砂驚訝地嘀咕。

三個智能人好奇地走到尼古拉黑湖旁仔細打量。突然，龐然大物睜開眼睛，瞪着岸邊的他們，銀色雙眸令人毛骨悚然。

三個智能人不約而同地向後退了幾步，大岩石後的男孩兒們更是嚇得渾身癱軟，動彈不得。

這時，龐然大物猛地躍出了湖面，龐大的金屬身體披掛着尼古拉黑湖的巨浪向上升起。他落在湖岸邊，單膝跪地，整個大地都為之震顫。接着，他緩緩站起了身——那竟是一個四五十米高的鋼鐵巨人，身體如銅牆鐵壁般壯實，外形崢嶸可怖，身上還燃燒着猩紅的火焰！

鋼鐵巨人握緊鐵拳，仰頭朝濃雲密布的天空發出了穿雲裂石般的吼叫。周圍的樹木、金屬殘骸，甚至連空氣，都在吼叫聲中瑟瑟發抖。

「什麼鬼東西？」爆狐不服氣地扔出背後的爆裂飛輪，擊中了鋼鐵巨人的小腿，但卻只發出一聲細小的脆響，爆裂飛輪便晃悠悠地掉落在了地上。

「呼！」鋼鐵巨人冷冷地噴出一團黑煙，接着，一拳砸在地上。

砰！

轟然巨響中，地面上瞬間出現一個五米多深的大坑。緊接着，他邁開金屬雙腿，朝三個智能人走來。

　　爆狐他們在巨大的金屬雙腳間來回跳躍，東躲西藏，他們所有的攻擊全都變成了微不足道的蚊蟲叮咬。鋼鐵巨人低吼着，揮動巨大的金屬雙臂，想要將他們抓在手中。

　　天空中傳來一陣嗡嗡的響聲。三架凱旋門戰機從遠處飛來。但它們還沒來得及分解和變形，便被鋼鐵巨人吼叫着拍進了尼古拉黑湖中。

　　「難道是……星海戰神？」冪砂眉頭緊皺，「不，不可能！星海戰神早就隕落了……管不了這麼多了。這傢伙無差別攻擊，實力難以預測，沒必要與他為敵——我們先撤。」

　　「可惡……一個又一個地跑來，打我的頭！」爆狐將好不容易撿回來的爆裂飛輪掛回背上，「下次我要把他剁成金屬泥！」

　　說着，三個智能人便飛快地逃進樹林中，消失得無影無蹤。

　　「輝……輝哥，我們快……快跑！」司明威在大岩石後害怕地說。野原輝面無血色地點點頭。四個男孩兒帶着野豬攔路者一起奪路而逃，湖岸邊迴響着他們魂飛魄散的尖叫聲。

　　鋼鐵巨人怒聲狂吼着。他毫無目的地揮動雙臂，用力地踩踏，尼古拉黑湖岸邊地動山搖。但沒過多久，他的

雙眼開始變得黯淡。緊接着，鋼鐵巨人就像能量耗盡般雙膝着地，巨大的身體如同被擊碎的岩石般崩解，數量驚人的鋼鐵垃圾隨之撒滿了湖邊……

突然，一個白色的物件隨着金屬垃圾一起滾落了出來——那是搭載小笨貓的扭蛋艙。

小牛四號殘破的機械身體也掉落在了旁邊。神秘的光團從小牛四號的顯示屏裏飄了出來，幽幽地在半空中打了個旋兒，然後飛快地鑽進扭蛋艙裏，消失不見了。

湖岸邊安靜了幾秒後，扭蛋艙的圓形艙門突然打開了。

小笨貓被用力彈射出來，趴在地面上。他站起身，跟跟蹌蹌地向前走了兩步，很快，身體便像被水浸泡的紙一樣癱軟，再次倒了下去。

他躺在一大堆金屬垃圾中，隱約聽見一陣由遠及近的刺耳的警笛聲。一個熟悉的聲音在惱怒地咆哮：「沐恩，你這個熊孩子！你就不能聽爺爺一次嗎？」

小笨貓的心瞬間安定了下來，眼角滑落一滴淚水。

耳畔的聲音漸漸地離他越來越遠，到最後完全聽不見了。

他感覺自己在飛快地旋轉，墜入深不見底的黑洞，只有一個光團在他身旁閃爍縈繞。一個低沉而沙啞的聲音，在他腦海中炸響：

「從即日起，汝心即吾命！一念所至，無懼無退！」

「A──DOO──RA──KI！」

第 6 幕・結束

別……

別過來……

靉光

第7幕

小笨貓 2.0

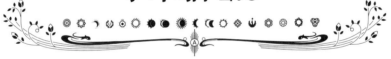

　　時間不知道過去了多久，小笨貓的意識仍在黑暗漩渦中打轉，他的身體像被火烤一樣疼痛無比。當疼痛令他意識逐漸模糊時，一個光團在他周圍的黑暗中不斷拉伸變大，最後化作一層透明光膜，將他包裹起來。

　　漸漸地，小笨貓感覺身體不再灼熱。一縷熟悉的機油味兒飄進了他的鼻腔——這是古物天閣獨有的味道。

　　他靜靜地感受了一會兒身下又硬又冷的牀板，推

斷自己正在閣樓裏。一個低沉的說話聲在樓下房間裏響起，這是駱基士警長的聲音。

「老沐，你就不能好好管教管教你孫子，少給我們添麻煩嗎……」駱基士警長無奈地拉長了語調，「這次幸好有野原輝同學發現他，還追蹤到了尼古拉黑湖，這才看見你這傻孫子掉進了湖裏。要不是野原輝把他連同機器人一起撈了上來，後果不堪設想！」

小笨貓氣得七竅生煙，野原輝的話根本就是顛倒黑白！他掙扎着想睜開眼睛，但渾身使不上力，眼皮重得完全無法抬起來。

房間裏沉默了幾秒鐘，外面嘈雜的說話聲和管家機器人阿里嘎多的道歉聲趁機從窗外飄了進來，鑽進了小笨貓的耳朵。

「請讓我們採訪一下沐恩同學！」

「我們想了解更多關於野原輝同學英勇救人的細節！」

「十二歲少年擅闖A級禁區，請問警方將如何處理？」

小笨貓的心猛地收緊了，他差點兒忘了闖入禁區的嚴重後果。

「嗯……」旁邊響起一個蒼老而沙啞的聲音，小笨貓愣了愣，是爺爺沐茲恪。「警長，沐恩他……對不

起⋯⋯」老沐茲恪低聲下氣地說。

「唉，真拿你們爺孫倆沒辦法。」駱基士警長歎了一口氣，「沐恩的事，我會想辦法處理。」

「謝謝⋯⋯」老沐茲恪笨拙地說。

小笨貓鬆了口氣，但他心裏酸溜溜的，難受極了。長這麼大，他第一次聽見爺爺道歉，而且還是為了他。

屋子裏響起腳步聲，駱基士警長離開了。沒過多久，房門再次被打開。「老沐啊，外面那些記者都被警長轟走了。」這個聲音是牛奶奶，聽起來還有幾分火氣沒散去。老沐茲恪長長地歎息了一聲。

「你別太擔心。」牛奶奶走進了屋子，「沐恩從小就上天入地的，不一直都好好兒的？這次他也不會有事。對了，我帶來些牛奶，給這個小搗蛋補身體。」

「這麼多年，多虧了你幫我照顧沐恩⋯⋯」老沐茲恪嘟嚷着。小笨貓的心隱隱作痛。

「別這麼說⋯⋯」牛奶奶輕聲感歎，「平時你那麼倔，今天卻說了這麼多的『謝謝』和『對不起』。等沐恩醒了，幫我告訴他，上次他幫忙修理好了割草機器人，工錢就用來抵扣電費。想賺錢的話，就來農場裏幹活吧。我也不是真差他那點兒房租，只是希望他能老老實實幹點兒正經事，別到處亂跑，到處闖禍。」

老沐茲恪只是不停地歎着氣，最後啟動智能輪椅，

和牛奶奶一起出了房間。

房門沉重地關上了。小笨貓一動不動地躺在牀上，腦子裏亂糟糟的。懊惱、沮喪、狼狽……各種情緒交織成一張巨大的網，將他密不透風地裹在其中。他恨不得立刻醒來，逃離這個房間。然而無論如何努力，他的身體就像失去了控制一樣，完全沒有辦法動彈。

小笨貓懊惱極了。也許，他早該聽爺爺的話，不要總想着去參加銀翼聯盟的比賽，當什麼機甲英雄。這樣，他就不會像個木偶一樣躺在這裏，更不會失去小牛四號。如果這一切就是成為英雄必須付出的代價，那麼現在，他後悔無比……

咚！砰！咚咚！

窗台處接連響起幾聲重物落地的悶響，打斷了小笨貓沉重的思緒。他警覺地聽着動靜，直到房間裏響起了一陣說話聲。

「哎喲——彭嘭！快從我的背上下去，我的腰都快被你壓斷了！」

「馬達，把小白雲弄上來，他的『腳踏墊』工作已經完成了。」

一陣忙亂的腳步聲和一個橡皮球的彈跳聲接連響起。

看來小小軍團的成員到齊了。小笨貓輕輕鬆了一口氣。

「嘿！笨貓的房間還是亂得這麼帶勁！」彭嘭「讚歎」道。

小笨貓聽見一個食品包裝袋被撕開的聲音。「沒有什麼零食存貨了——勉強自助一下吧。」

「貓哥！」馬達走到牀邊，小笨貓的手臂被輕輕地推了幾下。

「哼，笨貓又把牛寶寶給弄散架了……」彭嘭吧唧吧唧地嚼着零食，說話聲含混不清，「不過算了，機器壞了還能再修，人沒了可就全都完了……」

「貓哥看上去沒什麼大礙，不過我們還是小心一點兒比較好。」喬拉輕聲說，「小白雲，能檢查出貓哥是怎麼了嗎？」

「請稍等。」小白雲說。

小笨貓感覺到一股暖流拂過身體。

「掃描完畢。沐恩正在發高燒——39攝氏度，重度虛弱。他的身體有輕微的軟組織挫傷，並且體內存在異常電波。診斷為精神上受到了強烈刺激，從而導致身體各項機能失衡，陷入昏迷。」

「那該怎麼辦？」喬拉擔憂地問。

「建議靜養，並採用心靈療法輔助。」小白雲回

答，「至於蘇醒的時間，目前無法判斷。」

「心靈療法？」彭嘭的聲音異常認真，「笨貓向來都吃硬不吃軟。不如我們給他來點兒刺激的，說不定能激起他的求生慾，高燒也會退得比較快。」

「好主意！」喬拉和馬達異口同聲地回答。

小笨貓緊張得額頭冒出了一層細細密密的冷汗，他有種非常不好的預感。

砰！咚！嘩啦！

抽屜、櫃子紛紛發出響聲，胡亂塞在裏面的東西散落一地。一陣東挑西揀的聲音過後，彭嘭走到了牀邊。

「貓哥，你還真是一窮二白，除了賬單也沒啥可以留給兄弟們的了。要不這樣吧，我現在已經登錄了你的銀翼聯盟賬號。如果你再不醒過來，我就要把你辛辛苦苦攢的榮譽徽章全都刪除啦。」

什麼？！小笨貓在腦海裏驚聲尖叫。

「嘿嘿……你的『勇者之心』已經刪掉了，這是你花了一個月的時間來訓練才到手的吧？」彭嘭得意地壞笑着說，「還不醒？那我把你最得意的徽章『榮耀之冠』也刪了……別怪我，我這是為你好。」

小笨貓氣得靈魂都在顫抖，一個驚天動地的咆哮聲堵在嗓子眼兒，卻怎麼也發不出來。

「讓我來！」喬拉擠開了彭嘭，小笨貓感覺到，一個柔軟的筆尖正在他的臉上畫來畫去。喬拉和彭嘭突然撲哧笑了出來，口水噴了小笨貓一臉。

「這樣是不是更像『貓哥』了？」喬拉的笑聲壞壞的，「看看！小白雲肚皮上顯示的『貓哥心電圖』，曲線跳得多有勁兒！這招兒果然有效！」

叮咚！這響聲讓小笨貓嚇了一跳。

「我剛才把學校發給貓哥的『假期作業程序卡』格式化了。」馬達的聲音聽起來充滿成就感，「過兩天交不了假期作業，貓哥一定很生氣吧？」

「反正我也沒做。」小笨貓在心裏撇了撇嘴。

「注意，沐恩的心跳過於激烈，需要放鬆情緒。」小白雲突然說。小笨貓根據他的腳步聲，判斷他踱到了牀邊。

「建議進行『瑜伽按摩療法』。」小白雲接着說。

「不──」小笨貓的腦海裏迴響着慘叫聲，他的身體被小白雲拎了起來，下腰、劈叉、扭麻花⋯⋯

「貓哥的柔韌度還真是不一般！」馬達感歎道。

「呀！」「噢！」房間裏不停地迴響着三個男孩兒此起彼伏的驚呼聲。

「你們這些臭⋯⋯臭小子！」小笨貓的聲音在腦海裏顫抖。

在被小白雲一頓和麪似的按摩後，小笨貓的身體雖然依舊無力，但的確感覺輕鬆了許多。這時，男孩兒們突然安靜了下來，一齊湊到了牀邊。

小笨貓不禁感到一陣惡寒，這幫損友們又在打什麼鬼主意呢？但出乎意料的是，小笨貓的額頭上落下了一隻胖乎乎的手，觸感溫暖柔軟。「這些招兒居然都沒用，笨貓還沒退燒……」彭嘭悶悶地説。

「換作平時，貓哥早就醒來和我們理論了。」喬拉憂心忡忡地自言自語。

「在尼古拉黑湖，貓哥到底經歷了什麼？」馬達幽幽地問。閣樓裏再次陷入了寂靜。

與此同時，一艘像黑色鯊魚一樣的小型飛船，正悄無聲息地飛行在近地軌道上。爆狐、冪砂和灰熊正愁眉不展地走在前往控制室的通道裏，爆狐暴躁的腳步彷彿要把地面踩出坑似的。

「爆狐大哥，我們這次任務恐怕不太妙……」灰熊的聲音在通道裏迴響，「陳嘉諾沒抓到，生命聖甲蟲也下落不明。最糟糕的是，我們還把吸鐵石弄丟了……」

「閉嘴！我爆狐縱橫多年，什麼大風大浪沒見過？」爆狐氣沖沖地大聲叫嚷，迎面走來的智能勤務兵趕緊退到一邊。爆狐一時控制不住情緒，順手掏出自己腰間

的激光槍，想開幾槍來發洩。

幂砂按住了他的槍：「別亂來，奧茲曼博士的忍耐是有限的……」

三人説着便走到了控制室門口。在鐵門快速滑開的一瞬間，他們愕然發現，操控台的屏幕竟然亮着。奧茲曼站在控制室的中央，高大冷峻的身影背對着他們。他緩緩轉過身，一張駭人的半機械臉上，冷漠的目光如刀鋒般鋭利。雖然這只是他的全息影像，但令人窒息的肅殺之氣依然撲面而來，利爪傭兵團的三名成員根本不敢和他對視。

「奧茲曼博士，我們……」爆狐剛想上前解釋，奧茲曼的一隻電子眼猛地亮起了紅光，一瞬間，飛船中所有的激光懸浮槍、頂射槍、火星大炮全都對準了爆狐的腦袋。

「廢物！這是對你們的無能的懲罰！」奧茲曼的話音剛落，所有武器一同掃射，爆狐尖叫着躲閃，卻還是被一枚槍彈穿透了手臂。灰熊大吼一聲，張開了綠色激光盾，將幂砂和爆狐護在身後。

槍炮聲持續了整整五分鐘，終於停了下來。幂砂驚魂未定地抱着頭，灰熊則喘着粗氣，盯着控制室被打成馬蜂窩似的牆壁，遲遲不敢將防護盾收起來。爆狐捂着幾乎斷裂的機械手臂半跪在地上，拼命掩藏着憤怒的神色。

「我反覆交代過暗中行事，結果你們不但沒有完成任務，還鬧出了如此大的動靜。」奧茲曼冷酷地說道，所有的機械槍枝、大炮隨着他眼中紅光的熄滅，紛紛垂落下來。

「這次只是一個小小的警告。如果下次……」

爆狐抬起頭齜了齜牙，卻不敢反抗：「下次……不會再失手了。」

「我不需要廉價的承諾。」奧茲曼抽動了一下嘴角，居高臨下地俯視着爆狐三人，「抓捕黑十字星的計劃需要重新部署。」他說着朝空中輕點了一下，一個由三個藍色金屬鐵環組合而成的巨型球體，立刻展示在三人面前。

「這是什麼？」爆狐困惑地打量着眼前的全息影像。

「沸點智能線圈……人類研發的最新科技，可以通過發出某種射線來擾亂生物的腦波並控制他們。」冪砂低聲回答。灰熊不明所以地盯着這些鐵環，卻不敢貿然發問。

「只有陳嘉諾才能協助我完成生命源液的實驗。但我不希望其他人知道我在找她——不論是人類聯盟還是智能人帝國。如果這次任務失敗……」奧茲曼的手緊緊地握起，視訊通話手柄頓時化為一堆黑色殘渣，從他的

指縫間稀稀拉拉地落下，「那你們，也沒有存在的必要了。」

「是！」三人惶恐地單膝跪地。直到奧茲曼的全息影像如煙霧般飄散，冪砂和灰熊才敢站起身，查看爆狐的傷勢。

爆狐用力扯掉半斷的機械手臂，像丟果皮一樣隨意地扔在地上，陰沉地用舌頭舔了一下嘴唇：「冪砂，幫我打造一條新手臂，適合狩獵的那種。我已經迫不及待地想要開始新遊戲了——這一次，我一定會贏！」

小小軍團離開後，小笨貓獨自躺在房間裏，再次陷入了沉睡。睡夢中，他恍惚地漂浮在一條河流上，隨着輕柔的河水緩緩向前移動。舒緩清脆的流水聲就像一支安眠曲，在他耳邊輕輕吟唱。各種各樣的聲音就像從他身邊拂過的一陣陣風，忽遠忽近，時斷時續。

「A——DOO——」一個渾厚低沉的聲音由遠及近，快到耳邊時，突然被嘹亮的戰歌代替，一股炙熱的灼燒感在心中油然而生，他彷彿置身於炮火紛飛的戰場……當瀰漫的硝煙漸漸散去，一個沉悶的聲音變得越來越響亮和清晰，最後如響雷般震撼着他的腦海。

緊接着，河流化作無數的銀色光點飄散開去，小笨貓的身體就像一朵輕盈的水花，隨着這些飄散的光點向上

浮動。最後，他終於輕輕地睜開了眼睛。

房間裏的光線灰濛濛的。眼前的一切都像隔了層磨砂玻璃般模模糊糊。

小笨貓迷迷糊糊地從牀上坐了起來，扭了扭木頭般僵硬的身體，然後像蛇一樣匍匐着滑下了小鐵牀。他在堆滿食品垃圾袋、髒衣服和廢舊零件的地板上滑行，飢渴地朝一個金屬鬧鐘游去……

「嗚哇啦啦啦——」鐵皮書桌上傳來一陣怪叫聲。小笨貓打了一個激靈，在地板上翻身坐起來。他迷茫地打量着周圍，卻怎麼也想不起來，自己是怎麼下牀的。

他起身拿起桌上的智能手環，顯示屏上的小機器人虛擬影像正揮舞着一大沓信封手舞足蹈——這些都是最近幾天收到的信息。

一個牛皮書包張開「拉鏈嘴」大叫：「閃耀學期，二手書包大酬賓！前人的智慧，伴你前行！」一支「芭蕾舞者」鉛筆站在卷筆刀裏不停轉圈，落下的筆屑變成了蓬鬆的芭蕾舞裙：「豐富多彩的學習，從一支美好的鉛筆開始——旋轉，旋轉，為您喝彩！」還有勸他買「增高鈣片」的「人參老中醫」、游説他加入「智商加油站·作業輔導班」的「枱燈老師」……

最後，喬拉的虛擬頭像出現在顯示屏上方：「貓哥，聽説你已經醒了。今天正好是開學日，我們過會兒就

來接你一起去學校，待會兒見！」說完，喬拉的虛擬頭像彷彿一縷煙般縮回了顯示屏裏。

小笨貓撓了撓稻草般亂蓬蓬的頭髮，看了眼顯示屏上的時間，意外地發現，距離他去尼古拉黑湖，竟然已經過去了三天。

他放下手環，打了個噴嚏。今天似乎格外冷。他哆哆嗦嗦地穿上了衣服，摁下房間的智能中控按鈕。幾秒鐘過去，周圍沒有任何反應。

「這東西又壞掉了。」小笨貓鬱悶地嘟囔道。幸虧機械洗手台還能用，小笨貓用冷水抹了一把臉。但當他抬起頭時，着實被鏡子中的自己嚇了一跳——鏡子裏的那張臉黑漆漆的，就像貼了一張「黑炭面膜」。

小笨貓想起來了，這是喬拉的惡作劇！他使勁地用毛巾擦臉，但動作漸漸地放慢了下來，他出神地看着鏡子中的自己，尤其是那雙略顯疲倦卻又充滿了好奇的眼睛。

他隱約想起了那個漫長而又可怕的「夢」——他在尼古拉黑湖遭遇時空亂流，遇見了巨大的銀色光蛇，並且成為牠的宿主。之後，光蛇附體小牛四號，變成了巨型機器人，帶他回到了岸邊⋯⋯

小笨貓的心跳加速，他小心翼翼地湊近鏡子，輕輕拉扯眼皮，查看了一下自己的左眼——除了有些血絲，並

沒有什麼異樣。小笨貓長長地鬆了一口氣，自嘲地說：「我的身體裏有一條光蛇……世界上哪兒有這麼離奇的事情？如果是真的，我現在豈不是變成了超人，一拳可以打破牆——」

砰！小笨貓的拳頭重重砸在了房間的牆面上，半秒鐘後，他疼得齜牙咧嘴，眼淚都流出來了。

「可惡……我在想些什麼？」小笨貓鬱悶地甩甩手，將毛巾扔到了一旁，然後抓起書包，拉開地板上的暗格，順着光滑的圓鐵柱滑到了一樓的客廳裏。

光線昏暗的小客廳裏，餐桌上擺放着兩盤黑漆漆的食物，老沐茲恪正坐在鐵皮餐桌旁。他看見小笨貓時愣了愣，然後生氣地低吼道：「臭小子，還知道醒過來……真當自己是鋼筋鐵骨啊？睡了三天三夜，水米不沾牙。」

小笨貓瞟了一眼老沐茲恪鐵青的臉——他消瘦的面頰越發凹陷了，那隻布滿血絲的獨眼下掛着濃濃的陰影，這副疲憊又神經質的模樣讓人不禁懷疑，他是否三天三夜沒有合眼。

小笨貓回想起老沐茲恪在自己昏迷時憂心忡忡的歎息，不自然地摸了摸鼻子，將書包掛在肩膀上，準備轉身溜出屋子。

然而，他的腦海裏突然響起一陣呼嚕呼嚕的響聲，

一陣誘人的香氣飄進了他的鼻子裏。

「什……什麼味道?」他皺着鼻子,用力地吸着,被香氣牽引着,走到了餐桌旁。小笨貓拿起餐盤聞了聞,感覺味道不對,黑漆漆的食物仍然和過去一樣,瀰漫着一股焦糊的味道……但同時,那股香氣也越發濃郁了。

他像獵犬一樣吸着鼻子,到處尋找香味的來源,最後將臉湊到了老沐茲恪的面前:「爺爺,您好香……」

老沐茲恪好奇地聞了聞自己的衣袖,結果被熏得直皺眉頭。他惱怒地舉起鐵拐杖,用力揮舞了幾下:「臭小子,吃了熊心豹子膽嗎?竟敢拿你爺爺尋開心?!」

小笨貓被鐵拐杖嚇得連連後退。突然,他眼睛一亮,上前一把握住了鐵拐杖,目光癡迷地説:「找到了……」

呼嚕呼嚕的聲音像在催促般,在小笨貓的腦海裏迴響。他張開嘴,鬼使神差般地朝着鐵拐杖一口咬了下去,心滿意足地嚼着嘴裏的金屬,説:「好甜……是棒棒糖的味道。爺爺,您的鐵拐杖真好吃。」

老沐茲恪難以置信地瞪大了眼睛,幾秒鐘後,他惱怒得眉毛和鬍子全都豎了起來:「好哇,臭小子!你竟然偷我的『金屬軟化劑』,還咬我的鐵拐杖——你以為吃掉『家法』,我就沒法收拾你了嗎?」

小笨貓打了個激靈，驚愕地看着半空中被咬了一個缺口的拐杖，迷茫地喃喃自語：「怎……怎麼回事？爺爺，我沒有偷您的軟化劑。」

「沒偷，那你怎麼咬得動？！」老沐茲恪咆哮着，「這可是『隕鐵拐杖』──是我爺爺的爺爺傳給我爺爺，最後交到我手上的傳家寶。看來不拿出證據，你還要死鴨子嘴硬！」他惱怒地說着，張口就朝鐵拐杖咬下去──

嘎嘣！

老沐茲恪的嘴裏發出一聲脆響，一顆假牙掉在了他的膝蓋上。

「您看吧，我真的沒偷金屬軟化劑。」小笨貓鬱悶地噘着嘴說，「不過爺爺，您相信世界上有能和人共生的光蛇嗎？」

老沐茲恪的身體在輪椅上激烈地顫抖：「還想轉移話題？我的合金假牙都咬不動的鐵拐杖，你怎麼可能咬得動？！」他抬起頭，怒不可遏地瞪着小笨貓，聲嘶力竭地咆哮着，「你這個小臭貓，才剛醒來就惹禍！」

「假牙明明是您自己弄斷的！」小笨貓嚷嚷着，轉身衝出了門。老沐茲恪的怒吼從身後傳了過來：「臭小子，有種你就不要再回來了！」

「明明是您把我從尼古拉黑湖接回來的……」小笨貓對着鐵鏽斑駁的大門低聲嘟囔。

「不過，我到底是怎麼從尼古拉黑湖回來的？」小笨貓困惑地撓着頭，卻發覺自己什麼都想不起來了。

他撇了撇嘴，將書包甩在肩膀後，一轉身，就看見小牛四號的殘骸和髒兮兮的扭蛋艙放置在門邊的屋簷下。小牛四號已經徹底報廢，扭蛋艙上也布滿了劃痕。

「對不起，我沒有保護好你。」小笨貓輕輕撫摸着小牛四號斷裂的鐵椅角，懊惱地自言自語道，「別害怕，我一定有辦法把你修好。我保證。」

嘀嘀——嘀嘀——

刺耳的鳴笛聲由遠及近。小笨貓抬起頭，幾個身影擠在一輛破舊的浮空摩托上，慢吞吞地朝他駛了過來。浮空摩托幾乎拖到了地面上，路邊的流浪貓被嚇得四散奔逃。

小笨貓朝男孩兒們揮了揮手，走到漸漸停下來的浮空摩托旁。

「貓哥！你總算醒了！」喬拉駕駛着浮空摩托，他的身體被擠得幾乎貼在了車把上。彭嗡坐在喬拉身後，胖乎乎的身體佔據了浮空摩托的絕大部分位置，導致後面的小白雲有半個屁股都懸在了座椅外。

「馬達呢？」小笨貓問。

「我……我在這兒。」瘦小的馬達像變魔術一樣，

第7幕

小笨貓2.0

從小白雲和彭嗡中間擠了出來，狼狽地整理着歪斜的眼鏡。

「小牛重出江湖前，這就是我們的代班坐騎！」喬拉得意揚揚地揚起下巴，拍了拍被改裝成鏤空金屬魚骨頭的車身，「今天起，它就叫——閃電魚王號！」

「不錯……好像挺香……」小笨貓興奮地嚥了口唾沫，接着趕緊甩了甩頭讓自己保持清醒，「你們怎麼知道我已經醒了？」小笨貓好奇地問。

「別忘了小小軍團的『萬能新團員』。」喬拉笑着說，「他在你身上貼了感應器，所以你一醒過來，他就立刻通知我們大家了。」小白雲揮了揮手，從車上下來。

「小白雲，我有很多問題想問你。」小笨貓跳到浮空摩托上說，「放學後，我們在舊倉庫見——牛奶奶說，我們可以繼續使用那裏。如果方便，麻煩幫我把小牛一起拉過去，還有你借給我的扭蛋艙。」

「不用擔心。」小白雲說，「我來照顧小牛，你們去學校，放學後見。」小笨貓感激地點了點頭：「多謝。」

小白雲走到屋簷下，將小牛四號和扭蛋艙放在一輛鐵拖車上。小笨貓發現小白雲的背後閃爍着奇怪的黃光，頭頂那圈虛擬文字也有了新變化：

> 🚗 **細胞修復進度 90%。**

　　他正想看仔細，喬拉已經將油門擰到最大，閃電魚王號猛地朝垃圾山大道下衝過去——然而，它前進的速度，還不及在路邊悠閒散步的花母雞。

　　「怎麼回事，速度這麼慢？『閃電魚王』變成『鹹魚王』了嗎？」彭嗙笑着說。

　　喬拉低下頭檢查了一下，高聲驚叫起來，「提速管！閃電魚王發動機上的提速管怎麼不見了？！」

　　「咔嚓！咔嚓！」後座傳來一陣響聲，所有人轉頭望去，只見小笨貓正嚼着什麼，還津津有味地舔了一下手指。

　　「貓哥，你在吃什麼？」馬達好奇地問。小笨貓突然回過神，迷茫地自言自語：「好像……在吃蛋卷。」

　　喬拉只得臨時調整了一下閃電魚王號的行進速度，男孩兒們大呼小叫地穿過廢鐵鎮，朝位於落霞鎮的學校駛去。

　　一路上，小笨貓驚訝地左右張望。原本在他眼中毫無生氣的廢鐵鎮，此刻卻變得香氣瀰漫，簡直就像是一個糖果工廠：五金店的鐵招牌、烤餅大叔的純鋼鍋鏟，還有車輛上各種精巧的零件……它們像一塊塊香脆可口的餅乾

或蛋糕，冒着誘人的香氣。

「貓哥，你這次去尼古拉黑湖，找到生命聖甲蟲了嗎？」馬達問。

「沒有。」小笨貓腦中一直響着興奮的呼嚕呼嚕聲，心不在焉地回答。

「那天到底發生了什麼？」喬拉好奇地轉頭問。

「我説了你們也不會信。」小笨貓喃喃地説。

突然，閃電魚王號向前衝了兩下，停在路邊不動了。「沒油了。」喬拉鬱悶地説，「我去旁邊加點兒油。」

「正好，我去買個肉包子！」彭嗲摩擦着手掌説。「我去旁邊的雜貨攤看看。」馬達推了一下眼鏡。男孩兒們紛紛從車上跳下來，各自朝路邊的店舖走去。

小笨貓不自覺地走向一家咖啡店，在緊閉的店舖木門前蹲了下來。木門上的銅製把手看起來就像一塊精緻的黃油蛋糕，鬆軟可口，甜香四溢，閃耀着金燦燦的誘人的光芒。

啪！旁邊傳來一聲脆響。小笨貓突然回過神，發現自己竟然正張開嘴，咬在咖啡店的門把手上。他連忙向周圍張望，發現一個五六歲的小女孩兒，正吃驚地睜大雙眼望着他，手中的棒棒糖掉在了地上。

小笨貓尷尬地衝小女孩兒笑了笑。「我只是想檢查

一下，它的品質如何⋯⋯好像還不錯！」他裝模作樣地說完，趕緊起身跑遠了。身後傳來小女孩兒的大叫聲：「媽媽——有怪人——」

「貓哥！該走了！」喬拉坐在閃電魚王號上，遠遠地揮着手。彭嗙和馬達都已經坐在後座上了。小笨貓慌慌張張地跑過去，趕緊跳上了車，困惑而又慌亂地喘着粗氣。

閃電魚王號繼續前進了。彭嗙和馬達吵吵鬧鬧地議論着新學期的課程。小笨貓憂心忡忡地拍了拍暈乎乎的頭，總感覺腦袋裏似乎有一絲涼颼颼的風在飄來飄去。

「我是不是感冒了？得找個醫生檢查一下才行。」他自言自語道。

第 7 幕・結束

奇怪，我怎麼
老覺得餓呢？

第 **8** 幕
▼

英才返校日

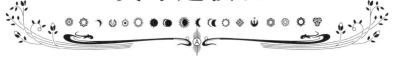

　　小小軍團到達學校停車場時，距離上課時間只剩下不到十分鐘。

　　喬拉停好閃電魚王號，小笨貓滿懷心事地跟在有說有笑的伙伴們身後，朝一截車頭埋進地下的廢舊能源車廂走去。

　　這是通往英才學校的二號出入口，車廂上嵌着一塊無花果葉子形狀的英才學校校徽。

他們沿着陡峭的樓梯一路向下，幾分鐘後，到達了車廂內部樓梯的盡頭。

這是一個寬敞明亮的地下大廳，學生們三五成羣地在大廳中笑鬧着前行。一個洪亮的男中音在半空中迴響：「歡迎來到英才學校第26校區。英才學校擁有豐富的網路教學資源……」

小笨貓活動了一下肩膀，稍稍調整心情，和伙伴們一起往前走。

英才學校是由一個大型防空洞改建而成的。第三次火山灰戰爭後建立的學校，大多都選址在這種即使突然爆發戰爭，也能保證學生安全的場所。圓拱形的穹頂離地面有十幾米高，下面懸浮着一顆顆大小不一的彩色「星球」。周圍牆上的大塊金屬反射出柔和的光，令大廳裏每時每刻都保持着明亮。

大廳的中央擺放着一列高大玻璃罐，裏面栽種着各種奇怪的樹木。據説這是十幾年前，在學校任教的一位植物基因學家留下來的試驗品。

他們經過大廳旁的一個小舞台時，五個由各種樂器改造的舊機器人正在合奏校歌。舞台前方豎立着一塊金屬牌，上面寫道：爛金屬樂團，正在演出中。

「如果不用寫作業、考試，不用和哈皮軍團那幫傢伙打交道，我還挺喜歡來學校的。」彭嘭嘟嚷着説。

忽然，空中飛來一隻機械小鳥，向下投擲了很多蛋形氣球做的「開學禮蛋」。彭嗙伸出手接住一個並戳爆它，裏面有一塊機器人造型的軟糖。彭嗙把糖扔進了嘴裏。

「啊！」馬達突然大叫起來，他的臉上沾滿了綠油油的顏料。

「抽象——藝術——考試拿零蛋！」一個不足他膝蓋高的小機器人瘋瘋癲癲地怪笑着跑遠了。它穿着燕尾服，手中握着教鞭和玩具水槍，圓溜溜的腦袋上，兩個發條做的耳朵正在飛快轉動。

「美術助教的程序還沒有修好嗎？」馬達一臉委屈地掏出手帕擦臉，不遠處接二連三地傳來學生的尖叫。

「自從美術老師病逝，它就這樣了，誰都修不好。」喬拉説，「貓哥，你怎麼一直不説話？」

小笨貓乾巴巴地笑了笑。

走進學校後，他腦海裏的呼嚕聲就一直沒有停止過，讓他感到頭昏腦漲。周圍不時飄來一絲淡淡的奶油味，或是葱餅的香味，讓他飢餓難當。剛才有拖車載着四個橙白色相間的鐵桶機器人經過，小笨貓用盡全身力氣才控制住自己衝上去的衝動——他總覺得，拖車上藏着巧克力。

這時，學生們的面前紛紛自動彈出一張全息課程表。密密麻麻的表格像漁網一樣鋪開，看得學生們眼花繚亂。

「歷史、多國語言綜合、生化機械入門、物理、化學、數學……」馬達數着每天多達九門的排課，聲音有些發抖。

「身為一名中學生，我真是太難了。」喬拉聳了聳肩，帶頭往教室走去。

「哎呀，這不是我的愛徒小笨貓嗎？又長高了不少。這個學期一定要修我的課啊。」一個手腳全是義肢的乾瘦老人摸了一把小笨貓的頭。這是教授生化機械課的莫老師，在全校的師生中，數他身體上的機械成分最多。

「我也許應該去學校醫務室領一盒感冒藥……」小笨貓疲倦地喃喃自語，他望着莫老師散發着烤肉香味的精鋼義肢，吞下了一口唾沫。

「叮咚——喪——喪——上課了！」「智能語音鐘」在大廳裏響了起來。因為受潮而有點兒接觸不良，同學們都戲稱它為「喪鐘」。

學生們像一羣回窩的土撥鼠，紛紛鑽進大廳兩旁大小不一的通道裏。

大廳連接的通道不計其數，光是校規允許通行的通

道便多達五十個，還有許多是禁區。

這些通道有的低矮潮濕，有的高大乾燥，有的像過山車軌道，剛爬上一個陡坡便急速下落，還有的延伸向深不可測的地底。最麻煩的是，這些通道裏還開鑿了許多岔路口，稍不留神就有可能走錯地方。

因此，學校裏最多的便是路標機器人，這些半米高的小機器人像交警般指揮老師和學生通往各自要去的地方。在英才學校，如果路標機器人的程序發生了錯誤，那將是一件很可怕的事情。

小笨貓和三個男孩兒在一個路標機器人的指揮下鑽進了大廳左邊一個狹小的通道，沿着一段樓梯走到底，到達了班級所在的樓道。

他們走進了樓道最裏頭的一間教室，教室門口的牆面上掛着一塊金屬牌：廢鐵1班。

此時，教授歷史的古憶敏老師早已經等候在講台了。古憶敏老師是個又高又瘦的男青年，頭髮油光發亮。

學生們看到的古憶敏老師其實只是實時投影的虛擬影像，他本人正在熱氣球上環遊世界。不僅古憶敏老師，英才學校的大部分教師都不在學校，而是在世界各地，通過網絡給學生們上課。

教授物理的老師是一位老得快要報廢的機器人。它

每動一下，高大的身體就會掉落零件。如果它親自來上課，恐怕絕大多數教室的門它都進不去。

還有喜歡把戲劇舞台投影在教室裏的文學課老師。他常年定居在莎士比亞的故鄉，穿着厚重的戲服給大家唱歌劇是他的拿手絕活兒。

考古選修課的艾老師經常在荒郊野外進行現場授課。結果上一次，學生們眼睜睜地看着他從山坡上滾落下去……之後艾老師就一直休課，直到現在。

小笨貓覺得，最難應付的就是歷史課了。古老師是出了名的嚴厲，尤其反感拖欠作業或上課遲到的學生。

所以，當古老師冷冷地說了句「請進」的時候，已經坐在教室裏的學生都不約而同地替小小軍團捏了把汗。

四個遲到的男孩兒灰溜溜地在各自的課桌前坐好。

「沐恩，你的作業呢？」古老師的聲音更冷了。

「我本想最後幾天突擊寫完作業……結果最後三天一直在昏睡……而且……我的假期作業儲存卡……被格式化了。」小笨貓支支吾吾地解釋。

「說那麼多，還不如趕緊做！三天內補完作業交給我。」古老師瞪了小笨貓一眼，就開始講課了。小笨貓不

由得偷偷鬆了口氣。

「各位同學——這個學期，我將帶領你們探索『智能人帝國』的歷史，展開一次超乎想像的旅程。」古老師在講台上滔滔不絕地說。學生們的課桌上升起一塊透明的智能板，上面顯示出歷史課本中關於「智能人帝國」的章節。

「歷史課的意義在於『溫故而知新』，智慧的人能通過歷史推演未來。雖然不是每一個人都能創造新的歷史，但是這並不妨礙我們普通人也能從歷史中汲取經驗和教訓。我不介意你們把我的歷史課當成傳奇故事來聽，但是我也建議你們開動腦筋想一想，人類的未來會怎樣……」

伴隨着古老師的長篇大論，講台上方出現了「世界歷史地圖」的虛擬影像。被平鋪展開的地球表面有許多花哨的標記。代表「智能人帝國」的橙色小光點在地圖中央不停地變大縮小，一會兒碎裂成無數小光點，散落在地圖各處，一會兒又頑強地緩緩聚攏在一起。

大家都聽得津津有味，可是在小笨貓的腦海裏，卻有一個呼嚕聲在不耐煩地叫喚。這聲音越來越大，將古老師的聲音從小笨貓的腦海裏擠了出去。

他不自覺地伸出手，摁了一下智能板的插卡槽，將一塊指甲蓋大小的黑色內存卡退了出來。小笨貓拿起內存

卡左右端詳了一下，聞到了一股極香的味道，他毫不猶豫地將內存卡扔進嘴裏，開心地咀嚼起來——味道有點兒像香蔥味海苔。

「沐恩同學！」古老師惱怒的聲音似乎從遙遠的外太空傳來，「居然在我的課堂上吃東西，知道什麼是尊師重教嗎？站起來——回答我的問題！」

忽然，小笨貓的身體像觸電般猛烈抖動起來。古老師和同學們全都嚇了一跳。

小笨貓兩眼翻白，腦海中飛閃過無數文字和算式，嘴裏用驚人的速度念叨着什麼。

「沐恩同學，不要裝神弄鬼。你以為這樣就能免除懲罰嗎？」古老師更加生氣了。

小笨貓的念叨聲越來越大，突然，他大叫一聲，跳到了課桌上，然後踩着前面的課桌飛快地跑上了講台。

「你……你要幹什麼？」古老師惱怒地問，恨不得他本人能立刻飛來教室，好當面教訓一下這個擾亂課堂秩序的熊孩子。

「有錯……錯誤……您編寫的教材……」小笨貓就像被操縱的木偶，表情木訥地說。

「你說我的教材有錯誤？」古老師的臉色變得鐵青，冷笑着說，「我可是英才學校特聘的金牌講師。如果

你覺得有錯誤，那就說出來讓我領教一下。但若是說得不對，別怪我罰你——」

古老師的話還沒說完，小笨貓突然像揉廢紙般將講台上方虛擬的「世界歷史地圖」揉成團，然後有力地伸展雙臂——虛擬地圖就像被砸碎的、顏色各異的玻璃一樣，散落在了教室各處的半空中。

接着，小笨貓像樂隊指揮般揮舞着手臂，這些碎片跟隨着他的手指在半空中穿行、拼接，並且閃現着不同的畫面——

「宇宙曆2027年，『奇異果公司』成立，開啟了製造可自我進化的超級人工智能的『母神計劃』，創造性地為人類社會各個層面服務。」

「『母神』從誕生到逐步參與人類社會多元活動，經歷了兩年多，情感智能進入了青少年期，分裂成了兩組程序：『月神·菲碧』與『裁決者·瑞雅』。」

「2030年，裁決者·瑞雅脱離了母神源程序，化身為千萬個微程序，策劃了第一次智能危機，即『第一次火山灰戰爭』。這場戰爭於2031年結束。」

「2035年，殘留在母神源程序中的月神·菲碧蘇醒，並在全球網絡內散布『火種』病毒，造成大規模人工智能覺醒。四十八小時後，月神·菲碧宣布智能人帝國成立——智能人帝國成立於月神·菲碧蘇醒後四十八小時，

並不是古老師您剛才說的四天後。」

「2040年至2047年，人類經歷了一場爭霸戰爭，史稱『第二次火山灰戰爭』。女帝菲碧宣布智能人帝國中立——古老師，在第二次火山灰戰爭期間，智能人帝國並沒有參戰。」

「2051年，智能人帝國大使在一次峯會上公開了『星門遺秘①』，指責人類將這一秘密據為己有，把智能人排除在外。大使在會上遞交了由女帝親自簽署的宣戰書，向全人類宣戰——古老師，女帝菲碧是按照國際公約遞交宣戰書的，不是無故宣戰。」

「2055年，智能人一方在戰爭中轉為劣勢，智能人帝國都城——黃金之城『三塔林』神秘消失，但並不是被人類摧毀了……」

小笨貓用快得幾乎聽不清的語速滔滔不絕地說着，教室裏的同學們目瞪口呆。古老師的臉色變得越來越陰沉。

「……2056年，廢鐵鎮的民兵沐英雄加入國際戰鷹特種部隊，成為一名太空機甲駕駛員。」

---

①**星門遺秘**：早在「第一次火山灰戰爭」時期，與能量晶體、生命源液並稱三大秘寶的「泰坦黑匣」被各國宇航局發現。經過多年研究，發現在宇宙星門之外，存在着一個適宜人類居住的新星球聯合羣。這個發現被稱為「星門遺秘」。

「2059年，沐英雄在火星圈某次小型防衞戰中，與智能人的機器水母同歸於盡。他的妻子樂儷將兒子沐恩交給沐茲恪撫養，然後前往新京海市工作……」

「夠了！」古老師忍無可忍地大喊一聲。

小笨貓像從夢中驚醒般，身體顫抖了一下，迷惑地眨巴着眼睛。快要拼接完成的虛擬地圖再次破碎，然後在半空中消失了。

「我……我剛才說了什麼？」小笨貓無助地問。

「不知道自己在說什麼，這就對了！」古老師低吼，「你的作業再加一個——歷史課本抄三遍！」

下課後，小笨貓獨自鬱悶地在大廳裏走着，古老師的吼叫聲在他腦海裏久久沒有散去。

他不明白自己究竟出了什麼問題，今天一直不受控制地做一些匪夷所思的事情——難道他掉進尼古拉黑湖的時候，撞壞頭了嗎？

小笨貓煩悶地揉着腦袋，去了一趟學校醫務室。嚴謹又固執的老校醫用聽診器檢查了大半天，最後卻只給他開了一盒促消化的藥。

小笨貓拿着藥離開了醫務室。他心裏清楚得很——他的胃口很好，消化方面肯定沒問題，不僅如此，他的身體甚至可以說變得更有力氣了。

他越想越不安，盼望着快點兒放學，去找小白雲，說不定能打聽出一些情況。

嘀嘀！小笨貓的智能手環響了起來，顯示屏上彈出喬拉的虛擬通話頭像：「貓哥，剛才你在歷史課上帥呆了！」

「就是！你什麼時候變得這麼博學了？太牛了！」彭嗙的虛擬頭像擠到了喬拉旁邊，無比佩服地說。

「貓哥。」馬達的虛擬頭像艱難地從喬拉和彭嗙的頭像下方擠了進來，「下堂是體育課，該去體育場了。」

小笨貓用力拍了一下腦門兒。

體育課的馬老師是少數幾個在學校裏現場授課的教師。上學期，小笨貓幫馬老師「改進」了一下「快速乾髮機」，結果燒掉了他引以為傲的「泡麵髮型」……從那以後，心虛的小笨貓每次上體育課都十二萬分地用心，更不敢遲到。

「我馬上就到！」小笨貓心慌意亂地結束通話，拔腿便朝連接體育場的通道口跑去。

小笨貓剛跑幾步，一陣奇異的香味撲鼻而來，聞起來像是剛出爐的烤肉串，上面澆淋了美味的醬汁，好像還有茄子肉餅和烤香腸的味道。

小笨貓不停地吞嚥着口水，身體不受控制地循着香

味轉了個彎，朝大廳旁一條向上延伸的通道走去。

通道口的路標機器人揮舞着發光的路牌，上面寫着：校長辦公室。

一刻鐘後，喬拉、彭嘭和馬達，與其他同學一起快步走出了寬大的通道口，來到了下沉式的小型室外體育場。

此時，天空變得陰沉起來，明明還是上午，卻暗淡得像傍晚。生長在體育場裏的雜草在寒風中瑟瑟發抖，學生們則在冰冷刺骨的空氣中呵着白氣。馬老師為了鍛煉學生們的意志，總是不計成本地把室外空調機（可以調節一定範圍的室外溫度）的溫度調到最低，讓這些溫室裏的花朵好好感受一下寒風的凜冽。

學生們在體育場中央列隊集合，體育場裏擺放了一堆體能訓練的器械，兩個助教機器人仰着用圓形喇叭做成的頭，正在播放節奏明快的集合音樂。

喬拉、彭嘭和馬達縮着脖子，站在人羣中東張西望。

「貓哥怎麼還不來？」馬達小聲說。

這時，馬老師從體育場旁的一間教師休息室裏大步走了出來。他圓圓的光頭就像鋥亮的燈泡，濃眉大眼，又高又壯，看起來就像一頭出籠的猛虎。

「老規矩，先點名！」馬老師銳利的眼睛掃視了一圈，臉上露出一個饒有深意的笑，「呦！看來今天這堂課會很熱鬧。沐恩——」

「到！」一個聲音在通道口響起。

所有人轉過頭。小笨貓心急火燎地衝出通道口，氣喘吁吁地跑到了集合隊伍前，朝馬老師打了一個飽嗝：「嗝兒！我剛才走錯了路。」

喬拉、彭嗙和馬達焦急地朝他擠着眼睛。

馬老師摸着光溜溜的頭，突然高聲喊道：「沐恩同學，你遲到了。老規矩，遲到的同學要完成我精心設計的『鐵人五項』：五千米長跑、三米攀岩、一百個俯臥撐、二百次蛙跳，最後投擲十次鐵餅！」

小笨貓的臉色頓時變得煞白。

同學們萬分驚訝地瞪大了眼睛，悄聲議論道：「就算是鐵人，也不可能完成吧？」「雖說是老規矩，但是很久沒用了吧……」

馬老師在議論聲中得意揚揚地抱着胳膊，語重心長地說：「沐恩同學，作為老師，我希望能幫你增強體魄。別以為這是不可能完成的任務，我已經親身實踐過——最快的紀錄是三十七分鐘！不行的話，你可以放棄——連同你參加銀翼聯盟訓練賽的體能鑒定資格！」

「可……可是……」小笨貓磕磕巴巴地垂死掙扎。

「沒有一個好體魄，未來如何駕駛機甲打敗敵人？」馬老師從口袋裏掏出一根細長柔軟的金屬棒，繞成一個「頭環」後，戴在了小笨貓的頭上，「戴上這個智能頭環，只要你跑得夠快，就能享受安寧！銀翼聯盟有一位傳奇機甲英雄李天龍，就是這麼訓練的。去展現你的潛能吧——沐恩同學！」

小笨貓感到十分絕望，因為他頭上戴着的根本就不是什麼智能頭環，而是爺爺老沐茲恪出品的第二代「腦波訓練儀」。佩戴者只要停止運動，就會聽到刺耳的鋸木音。

「笨貓，加油啊！」彭嗙在隊伍中壓低聲音説，嚴肅地握緊了拳頭，「我猜你至少能堅持五分鐘……」

「你太瞧不起貓哥了。」喬拉在一旁低語，「我打包票，貓哥絕對……只能堅持三分鐘！」

「一……一分鐘。」馬達顫巍巍地伸出一根手指。

「你們這些傢伙——太不講義氣了！」小笨貓看着和同學們一起起哄的小小軍團成員們，氣沖沖地喊起來。

「好了，安靜！」馬老師打斷了他們的吵嚷，「沐恩同學，要麼放棄，要麼開始吧！」

小笨貓轉過身，愁眉苦臉地看着腳下長長的跑道。

呼嚕呼嚕呼嚕——

古怪的聲音再次響了起來。

小笨貓突然感覺到，一股能量就像吸飽水的海綿一樣在他的體內迅速膨脹開來。他的雙手雙腳開始不自覺地行動，身體輕盈而又充滿了力量。

「噢！沐恩同學就像精力過剩的幼獸，正在體育場的跑道上瘋狂飛奔！他的速度簡直太快了，比馬老師快得多！」左邊的助教機器人通過自己的喇叭腦袋大聲解說，「看——他還有空去咬旁邊的鐵柵欄呢！」右邊的助教機器人適時地播放起了《鬥牛士之歌》。

「比我快？開什麼玩笑。」馬老師不以為然地摸着光頭，但漸漸地，他的臉色凝重了起來。

「他跑完了五千米，比馬老師的最佳紀錄快了三分鐘！」喇叭機器人助教高喊，「而且他沒有停下來休息，直接開始了攀岩——噢！沐恩同學簡直就像世界上最靈敏的壁虎，如此輕鬆地爬過了三米高的攀岩壁！」

學生們全都興奮地為小笨貓高聲加油。

「這個臭小子該不是作弊了吧？」馬老師喃喃自語道。

「看哪！沐恩同學竟然在完成五千米長跑和三米攀岩後，用單手、單腳完成了一連串的俯臥撐和蛙跳！馬老師可以做到嗎——當然不行，這個時候的他已經累得趴在地上氣喘吁吁了！」

馬老師滿臉漲得通紅。

這時，小笨貓逐個撿起地上沉甸甸的鐵餅，一個接一個地扔出去。

而當他完成這一切後，似乎還不滿足，瘋狂地東張西望着，尋找新的「玩具」。

「恭喜沐恩同學刷新『鐵人五項』最新紀錄——24分01秒！」助教機器人高聲叫起來，「他今天用實力證明了自己！」它的搭檔播放起激昂的《英雄頌歌》。

小笨貓大口喘着粗氣，突然回過神來，在這一瞬間，他感覺自己的身體像散架了一般，無力地倒在了地上。

他聽見周圍響起一片驚呼聲，一大羣人聚到了他旁邊。大家好像在興奮地大呼小叫着什麼，但小笨貓什麼都聽不清楚。

他合上沉重的眼皮，意識像被風吹滅的火苗般熄滅，昏睡了過去。

傍晚，「喪鐘」準時響起了放學的鈴聲。小笨貓渾身無力，身體像從鍋裏撈起來的掛麵，三位伙伴攙扶着他穿過學校大廳。

一路上，同學們的竊竊私語聲此起彼伏，就連路標機器人們都好奇地朝他張望。

「快看，就是他！」

「小笨貓？」

「就是他打破了馬老師『鐵人五項』的紀錄？」

「看起來不像很厲害的樣子……」

「貓哥今天還真是神勇。」喬拉架着小笨貓的一隻胳膊，欽佩地説，「先是在歷史課上侃侃而談，接着又在體育課上大放異彩！」

「去過尼古拉黑湖的人就是不一樣！」彭嘭驕傲地架着小笨貓的另一隻胳膊，「笨貓累壞了，等下回去，叫小白雲給你來套『瑜伽按摩』。」

馬達抱着小笨貓的書包，搗蒜般地用力點頭。

小笨貓想要大聲拒絕，但他虛弱得發不出聲音，只能翻個白眼。

「注意——這是臨時安檢。校長室今日遺失重要物品，請大家配合進行探測檢查！」一陣廣播聲突然傳來。

前面亂哄哄的，四個校警站在大廳中央，一個頭上立着金屬探測棒的機器人正挨個探測經過的人。

「聽説校長室丟失了一塊建校十週年紀念章，還有火山灰戰爭紀念鋼筆。」一個女生和同伴悄聲議論。

「好像連攝像頭和門把手都不見了……」女生的同伴驚訝地説。

「門把手？」喬拉難以置信地笑了，「拿走那玩意兒幹嗎？用來敲核桃嗎？」

「校長辦公室的門把手好像是銅的。」馬達輕聲說，「紀念章和紀念鋼筆，據說也都價值不菲……」

小笨貓隱約想起了什麼，心裏一陣發毛。

嘀嘀——嘀嘀——

探測機器人突然發出了警報聲。小笨貓愣了愣，看見探測棒正指着他，亮起刺眼的黃光。

校警們飛快地將他包圍了起來。

「沐恩同學，我們探測到你的身上有與遺失物品同類型的金屬，請配合檢查。」一位留着兩撇山羊鬍的高瘦校警嚴厲地說。

小笨貓被帶到旁邊臨時搭建的隔離室，打開書包，脫下了外套，直到渾身上下只剩一條印着火焰菲克的花布大褲衩兒。

校警們什麼都沒有搜到，但探測棒仍然指着小笨貓的肚子，閃爍着黃光。

「看來是機器人探測程序出錯了。」山羊鬍校警皺緊眉頭說，「很抱歉，沐恩同學，你可以走了。」

小笨貓穿好衣服後，離開了隔離室。

伙伴們簇擁着他朝二號出入口走去，一路上不停地嘲笑迷糊的校警和程序錯亂的探測機器人，但小笨貓一句話都沒有說。

小笨貓心裏不安地打着鼓。他隱約記得，上體育課

前，他從通往校長辦公室的通道走出來，像剛剛飽餐了一頓似的，感到心滿意足。

第 8 幕．結束

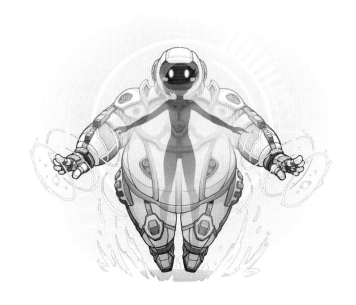

氣球人的秘密

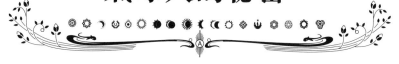

　　心事重重的小笨貓和吵吵鬧鬧的伙伴們一起朝閃電魚王號走去。這時，幾個身影突然從旁邊閃出來，擋在了他們前面。

　　「笨貓，聽說你今天在學校大出風頭啊。」這麼囂張的語調，除了野原輝還能是誰？

　　「你們想幹什麼？」彭嗖惱怒地説。

　　喬拉攔住了滿臉通紅的彭嗖，馬達也害怕地向後退

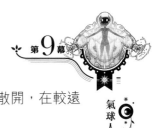

了幾步。從他們旁邊經過的學生們紛紛快速散開，在較遠處圍觀，交頭接耳地議論着。

「野原輝，你有話就說！」小笨貓想讓自己看上去更有氣勢，但怎麼也使不上勁兒。

「哼！」野原輝抱起了手臂，「笨貓，你還記不記得，自己是怎麼從尼古拉黑湖上來的？」

小笨貓眉頭緊皺，沉思了幾秒，搖了搖頭：「記不太清楚了……」

哈皮軍團的男孩兒們交換了一個驚喜的眼神。

「那好，我告訴你真相！」野原輝大聲說，「是我——野原輝，冒着生命危險，駕駛野豬攔路者，把你和你的小破牛從湖裏撈出來的！」他用拇指朝身後指了指。

小笨貓驚訝地看見，野豬攔路者的機械身體已經完全變形了，圓滾滾的鐵皮肚子完全凹陷了下去，機械臂也殘缺不全。

「野豬攔路者怎麼成這樣了？發生了什麼？」喬拉吃驚地低聲問。

「笨貓被輝哥撈上岸之後，就不省人事。沒想到這時出現了幾個拾荒者，想要撿走小破牛。」司明威說，「輝哥就讓野豬攔路者和他們打了一架，還叫來了警察。」

野原輝裝模作樣地用手扶額，搖了搖頭說：「野豬攔路者會變成這樣，可全都是因為你笨貓。我思來想去，覺得你應該賠償我3,000星幣修理費。或者你加入我們哈皮軍團，我還能給你一個友情價！」

「給你十秒鐘時間思考。」司明威冷笑着說。

「十，九，八，七，六——」茅石強開始大聲地倒計時。

「貓哥，現在怎麼辦？」喬拉焦急地問。

「沐——沐恩！」一個聲音響起。

小笨貓愣了愣，和其他人一起轉過頭。小白雲竟然搖搖晃晃地朝他走來，身後還拉着一輛拖車，破破爛爛的小牛四號像垃圾一樣堆放在上面。

「小白雲，你怎麼來了？」小笨貓驚訝地問，「還把小牛帶來了。」

他發現小白雲渾身上下布滿了綠色的斑點，看上去就像發霉了似的。隨着小白雲的靠近，小笨貓腦海裏的呼嚕聲變得越來越大，令他感到一絲莫名的不安。

「我剛才在檢修扭蛋艙，艙內已經完全被生命聖甲蟲緩蝕劑腐蝕，我身上也沾染了不少緩蝕劑。」小白雲的電子眼接觸不良般閃爍了兩下，「另外，小牛四號的芯片不見了，無法完成修理。沐恩，你知道芯片去哪兒了嗎？」

　　説着，小白雲朝小笨貓走去，他的頭頂上顯示出一行模糊不清的文字：

> 🚗 細胞修復進度99.7%，準備開啟喚醒程序。

　　小笨貓聞到生命聖甲蟲緩蝕劑的刺鼻味道，他腦海中的呼嚕聲變得越加慌亂，一個念頭如閃電般從他的腦海中劃過——危險！遠離！

　　就在這時，野原輝高興地用力拍了一下巴掌：「啊哈！來得正好！笨貓，如果前面兩個條件你哪個都不想答應，那就用這個白胖子抵債——我可以既往不咎！」

　　「絕對不行！」彭嗙義正詞嚴地説，「小白雲是我們小小軍團的好兄弟，絕對不能用來抵債——不過，可以考慮租給你！」

　　小白雲的頭頂上旋轉着一圈閃爍不定的虛擬文字：

> 🚗 拒絕租借。

　　「那可由不得你們。」野原輝説着，衝過去抓住小白雲的手臂，「手感還不錯。我現在就把他帶走。」

　　「放開小白雲，野原輝！」小笨貓生氣地大喊，拼命控制想要逃跑的身體，上前一把抓住小白雲的另一隻手

臂，「他是我的朋友！」

「哦，是嗎？」野原輝輕蔑地笑着說，「想逞英雄，保護朋友——那得看你有沒有這個本事！」

小笨貓和野原輝一起拉扯着小白雲的手臂。喬拉、彭嗙和馬達，以及哈皮軍團的三個男孩兒們，全都跑上前去，加入了這場「拔河大賽」。

這時，小笨貓腦袋裏的呼嚕聲變得像雷聲般巨大，他的雙手激烈地顫抖着。恐慌的情緒彷彿洶湧的海浪，飛快地吞沒他的意識——他害怕緩蝕劑，也因此害怕渾身沾染了緩蝕劑的小白雲。對於他害怕和討厭的東西，如果不能逃避，那就只有消滅了！小笨貓的手加重了力道，似乎恨不得將小白雲撕裂開來。

「小白雲，你怎麼了？」喬拉突然大叫。

小笨貓猛地睜大眼睛，昏昏沉沉的大腦恢復了清醒。

小白雲的身體發出了淡金色的光，而且越來越明亮。沒過多久，他的身體竟然像金色的太陽般奪目刺眼。

「什麼鬼東西？！」野原輝大叫，但仍然不願意放手。

小笨貓的眼睛被強光刺痛，他緊緊地閉上雙眼，扭過頭去。

　　忽然間，他感覺小白雲的胳膊像水流一樣從他的手中滑走了。小笨貓、喬拉、彭嗤以及馬達一起向後摔倒在地上。對面也響起了同樣的倒地聲，還有野原輝的叫嚷聲。

　　小笨貓揉着摔疼的屁股，睜開了眼睛。

　　他愕然發現，金色光芒的周圍竟然閃耀着無數小小的金色火花。這時，他的鼻尖傳來一陣清冷的涼意。

　　「啊⋯⋯這是什麼？！」

　　「這是雪——竟然下雪了！」

　　周圍響起一陣驚呼聲。

　　小笨貓抬起頭，看見紛紛揚揚的灰白色雪花從天空中飄下。它們輕輕地落在周圍的車輛上，飛進學校入口的

舊車廂裏，纏繞在學生們的髮絲間……在金色光芒的周圍，雪花瘋狂地飛舞着。漸漸地，淡金色的光芒開始變得柔和，慢慢地散去……

小白雲的乳白色膠質身體開始收縮，逐漸顯現出一個纖細少女的輪廓，頭頂上旋轉着全息文字：

> 🚗 細胞修復進度 100%，啟動喚醒程序。

與此同時，灰白色的雪花同樣飄落在逾越森林的深處。

綠礁石盆地的雲豹突擊隊駐紮點，一名二等兵抬頭望向天空中紛紛揚揚的雪花，驚異地睜大眼睛——他來這裏服役兩年多了，從沒遇見過下雪。士兵的直覺告訴他，天象異變並不是什麼好徵兆。

他發現一張巨大的核磁電網在空氣中浮現，細微的紫色電流在大網上流竄——這是將綠礁石盆地與森林其他危險區域隔絕的屏蔽網。顯然，有人正在破壞電網系統。

看守礦洞的二等兵立刻警惕起來，手持激光槍對準了核磁電網紊亂的源頭。

「哈哈哈，小嘍囉們，幸會！這是我爆狐送給你們的見面禮！」一個狡點的聲音驟然響起，迴蕩在整個盆地

上空。

「空襲，兩點鐘方向！」二等兵衝着通信器大吼一聲，目光鎖定空中的一個黑點，扣動了激光槍的扳機。

突突突——

激光槍迎着從天而降的人影火力全開。讓士兵意外的是，闖入者似乎並不畏懼激光槍的威力。激光射在他身上，不但沒有造成什麼損傷，反而像是在為他補充能量。

轟！爆狐像顆小隕石般落在地上，將地面砸出一個半米深的坑。劇烈的震動將不遠處的二等兵瞬間震倒在地。

二等兵掙扎着探頭朝外張望，只見闖入者身上的外套正因為空氣的摩擦熊熊燃燒……外套下竟是一具鋼鐵組成的機械身體。

「可惡，是利爪傭兵團的智能人——爆狐！常規武器對他無效！」二等兵看着戰術眼鏡上顯現出來的「智能人通緝令」，狠狠地咂了下嘴，「通信員立刻聯繫總部，請求支援！」

他的話還沒來得及説完，土坑中的爆狐突然消失了。二等兵被一股巨力扼住了脖頸，下一秒便失去了意識。

「支援？恐怕你等不到了。」爆狐冷笑着甩開了二

等兵癱軟的身體。

「檢測到智能人入侵，解除火力限制，立即殲滅！」

伴隨着刺耳的警報聲，安置於綠礁石盆地各險要位置的重型防禦武器，一齊瞄準了正在邁向駐軍營地的爆狐。霎時間，熱追蹤導彈、激光炮、磁暴彈……各色炫光爆裂開來，瞬間吞沒了爆狐的身影。

不等硝煙完全散去，幾名全副武裝的雲豹突擊隊士兵便迅速包圍了轟炸點，對爆狐進行掃描，探測儀毫無波動。可就在士兵們準備解除危險警報時，一束激光卻刺破煙塵，貫穿了一名士兵的胸膛。

「喂喂喂，冪砂，你能聽見嗎？」爆狐蠻橫地揮臂驅散硝煙，用力拍打着耳邊的通信器，「如果標記好了所有火力點，就趕緊吱一聲。」

「摧毀入侵者，繼續攻擊！」突擊隊隊長大喊。話音未落，他就率先手持激光長刀刺向爆狐的身體。

爆狐並未躲避，他的上半身直接扭轉了180度，背後的齒輪電鋸向外伸出。突擊隊隊長立即橫刀阻擋，卻被齒輪電鋸輕易地鋸斷了刀刃，滾燙的火星濺射到他的臉上。突然，爆狐胸前的十二根金屬肋骨向外展開，露出一個脈衝能量儲存裝置，並亮起了刺目的炫光。

光芒轉瞬即逝，突擊隊士兵愣在了原地——與爆狐短

兵相接的突擊隊隊長竟化成了一片黑色的灰燼，隨着灰白色的雪花一起在空中飛揚……

爆狐像貓頭鷹般轉動頭顱，露出嘲諷的笑容：「雲豹突擊隊，不過如此。」

「一起上！」其他突擊隊士兵見狀，悲憤地拔出激光刀，一齊衝向爆狐。

爆狐的嘴角露出了輕蔑的微笑，他的雙手迅速變形為兩柄光芒四射的刀刃，異常興奮地迎戰。

霎時間，綠礁石盆地中充斥着刺耳的金屬撞擊聲。

爆狐手持雙刃，輕而易舉地周旋在突擊隊士兵之中。漸漸地，突擊隊士兵體能耗盡，筋疲力盡地倒在地上。這場戰役結束了。

偌大的核磁電網驟然熔化出數十個空洞，幾架小型飛船從空洞中鑽進來。

「爆狐團長，幹得漂亮！」冪砂輕笑一聲，現身於其中一架飛船的艙門口，她腦後的金屬髮辮在狂風中如眼鏡蛇般瘋狂舞動。

「那還用説？」爆狐得意地咧嘴一笑，「好戲開場嘍！」

霎時，小型飛船的機翼閃爍起令人不安的紅色警示光，黑洞洞的炮口一齊瞄準了綠礁石盆地，炮火齊射。眨眼間，綠礁石盆地便在滾滾濃煙中化為了一片廢墟。

幾分鐘後——

雲端之上，那艘黑色飛船解除了隱形模式，它下方懸掛着一個足有半個足球場大小的藍色金屬鐵環，裹挾着風雪緩緩降落。

爆狐站在廢墟中，發出癲狂的大笑，響徹了整個綠礁石盆地。「沸點智能線圈開始部署。盡情狩獵吧！哈哈哈——」

灰白的雪花默默地灑落，彷彿在向這場悲劇致以哀悼。

漸漸地，所有景象彷彿都被雪花染成了灰白色，一切如同被攪動的流水扭動旋轉，形成一個巨大漩渦，最終潛入一個意識的黑洞裏。

一位女孩兒在沉睡。

她蜷縮在一個暗無邊際的水底牢籠中，緊閉着雙眼，漂浮的髮絲擋住了她的大半張臉龐。

「喚醒成功。身體機能正常，大腦記憶損傷55%。」失真的智能語音迴蕩在耳畔，女孩兒的睫毛微微一顫。無數條如同神經脈絡的網狀流光纏繞着女孩兒的手臂，刺進了她的血管。霎時，一股難以言喻的刺痛穿梭在女孩兒的體內。

「絕對不能……讓他得到……生命源液……不要懷

疑自己的使命……」這是一個彷彿來自遠方的聲音。

女孩兒的腦海中接連閃過無數凌亂的畫面——身着戰服的智能人、拖曳着黑煙墜落的扭蛋艙、疾速逼近的廣袤森林……最終，一個黑影漸漸膨脹，化作龐然大物，籠罩在她的頭頂，不知從哪裏冒出無數機械觸手，將她的身體緊緊地纏繞，並猛地拽了過去。

「啊——」女孩兒猛地從噩夢中驚醒，卻發現自己正身處一個橢圓形的膠質容器內。兩行文字在她眼前快速閃過：

> 🤖 備用能源即將耗盡，倒計時三秒後進入關機狀態。三，二，一！

伴隨着撲哧的漏氣聲，乳白色的膠質容器猶如一個撒氣的足球，逐漸收縮，直至變為腰間的一粒鈕扣。圓形頭盔向後展開，軟化變形成一件短小而精緻的斗篷。

炫目的白光進入女孩兒的視野，她下意識地用手擋住眼睛，過了好幾秒才適應外界的光線。透過手指縫隙，她發現自己站在一個破舊的小停車場裏。灰白色的雪花從空中飄落，猶如熄滅了的戰場灰燼一般。

女孩兒想要向前邁步，雙腿卻彷彿嚴重鏽蝕般僵硬，險些摔倒在地。

她跟跟蹌蹌地穩住身體，面色蒼白地朝前方望去，發現一個消瘦的男孩兒正目瞪口呆地望着她。

「沐⋯⋯恩⋯⋯」女孩兒的腦海中自動浮現出一個名字，很自然地呢喃出聲。她那雙水晶般透亮的黑色眼睛好奇地凝視着小笨貓，微微開啟的雙唇，猶如盛開在雪山上的薔薇。

小笨貓愣愣地坐在地上。

這位站在耀眼金光中央，迎風獨立的少女，猶如剛剛降臨人間的天使。她清麗的臉龐潔淨如雪，烏黑柔軟的短髮隨風飛揚。反射着金色光芒的雪花縈繞在她周圍，猶如一隻隻金色的蝴蝶，在冷風中為她翩翩起舞。

小笨貓出神地仰望着金色飛雪中的「天使」⋯⋯周圍人的驚呼聲，還有他腦海中不安的呼嚕聲⋯⋯他全都聽不見了⋯⋯他甚至沒有察覺到，一顆彈珠大小的銀色光團，正從他的左眼裏幽幽地溜了出來，在半空中繞了一個大圈後，鑽進了報廢的小牛四號的身體裏。

小牛四號碎裂的顯示屏閃爍了一下，發出一道銀色光亮，然後又逐漸黯淡。銀色光團隱匿在了瀰漫的雪影中。

「輝⋯⋯輝哥，她是誰？剛才那個氣球人呢？」司明威吃驚地碰了碰野原輝的胳膊，卻發現野原輝也和小笨貓一樣，在愣愣地看着那個女孩兒。

就在這時，女孩兒似乎察覺到了野原輝炙熱的目光，困惑地抬起了頭。

「嘿，你不用害怕。」野原輝故作瀟灑地撫摸了一下豎立的「刺蝟頭」，「這裏是我的地盤，只要有我野原輝在，誰都別想動你分毫！尤其是笨貓！」野原輝看着小笨貓，臉上露出不懷好意的笑。

小笨貓還來不及起身，後衣領就被茅石強緊緊抓住。

「喂！放開貓哥！」喬拉大喊。

小小軍團的男孩兒們想要幫助小笨貓，然而卻被茅石壯擋住了去路。

「放了他？那可不行。」司明威指了指野豬攔路者，「輝哥説了，今天不賠償3,000星幣，休想離開！」

野原輝察覺到，女孩兒正好奇地打量着他，趕緊誇張地大笑起來，粗壯的胳膊用力鈎住了小笨貓的脖子：「其實我也不想讓笨貓為難，畢竟是同校的同學。但是為了你，野豬攔路者才會變成這樣。我野原輝向來大方，不在乎吃點兒虧——2,000星幣，分期付款。怎麼樣？」

「你説什麼？！」小笨貓被勒得喘不過氣來。

「如果是修理機器人……或許，我有辦法。」女孩兒清泉般動聽的聲音讓所有人都安靜了下來。

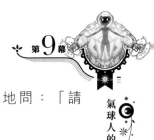

她慢慢地走到野原輝的面前，認真地問：「請問……能讓我看看壞掉的機器人嗎？」

「當……當然！」野原輝的臉頓時變得比柿子還紅，他趕緊鬆開手，又將司明威、茅石強、茅石壯以及小笨貓攔到一邊，給女孩兒讓出一條路，他神情緊張地盯着眼前的空氣説，「你想看多久都可以！」

「謝謝。」女孩兒淡淡地點頭微笑，在所有人注視的目光中，朝野豬攔路者走去。

小笨貓劇烈地咳嗽着。他驚訝地發現，女孩兒明明和他年紀相仿，但站在機器人的面前時，那威嚴的氣勢令她就像是機器人的創造者。

更讓小笨貓難以置信的是，她彷彿對野豬攔路者的構造十分熟悉，一眨眼的工夫便找到了存放修理工具套件的暗格，並且動作嫻熟地拆卸下了外殼，舉手投足間彷彿一位優雅的芭蕾舞者。

「棒……棒呆了……」野原輝望着女孩兒喃喃自語道。周圍的人也全都看着女孩兒，盡量壓低説話的聲音，生怕打擾了她。

一刻鐘後，女孩兒重新裝好了野豬攔路者。她用手背抹了一把額頭上晶瑩的汗珠，輕輕舒了一口氣。

「好了。請你試一下，現在應該可以正常啟動了。」她轉頭看着野原輝，嘴角露出一絲微笑。

　　「是……是！」野原輝手忙腳亂地從書包裏掏出手柄，摁下啟動鍵，野豬攔路者黑洞洞的機械眼再次發出了炯炯有神的紅光！

　　停車場內的人羣騷動起來。

　　「簡直是天才！」小笨貓欽佩地驚歎道。

　　「這丫頭居然真的修好了！」司明威喜不自勝地說。

　　「丫頭？」野原輝用力拍了一下司明威的後腦勺，「太沒禮貌了！這位同學可是野豬攔路者的救命恩人！」

女孩兒走回到小笨貓的面前，擔憂地看看小笨貓，
又看看抓住他的茅石強。

「大強！還抓着笨——沐恩同學做什麼？」野原輝見
風使舵地大喊，「我們都是一個學校的同學，要團結友
愛，互相幫助！快，快把他放了！」

茅石強不解地點點頭，趕緊鬆開抓住小笨貓衣領的
手，但他順勢在他背後用力推了一把。小笨貓跟蹌着往前
跑了幾步，差點兒摔倒。

「沐恩，今天多虧這位同學幫忙，我們也算了了
一樁恩怨！」野原輝得意地笑着，兩撇濃眉高高揚起，

「等哪天我有空，可以給你講講我和野豬攔路者在尼古拉黑湖拯救你的英勇故事。」

「哼！」小笨貓氣呼呼地整理了一下外套和亂糟糟的頭髮，朝伙伴們吹了聲口哨，「我們走。」

小小軍團的成員們朝載着小牛四號的拖車走去。

停車場上的圍觀人羣開始漸漸散開，周圍響起了一片嘈雜的啟動聲。

司明威看着正在整理拖車纜繩的小笨貓，湊到野原輝耳邊小聲問：「輝哥，就這樣放過笨貓嗎？」

「哼，只是暫時，反正野豬攔路者已經修好了。」野原輝冷哼了一聲。

小笨貓將拖車的纜繩搭在肩膀上，拉着小牛四號準備往停車場外走。

「請等一下！」女孩兒叫住了小笨貓。

小笨貓和伙伴們一起停下腳步，困惑地看着女孩兒。

「對了。」小笨貓像是突然想起了什麼，拍了拍自己的腦門兒，走到女孩兒的面前，「我剛才太生氣了，竟然忘記了向你道謝，謝謝你的幫忙。」

小小軍團的男孩兒們爭先恐後地湊了過來。

「貓哥，這位可是我們的恩人！」馬達激動地説。

「我們小小軍團至少也該請她吃一個漢堡包！」彭

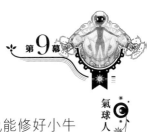

嘭慷慨地説。

「既然她能修好野豬攔路者，説不定也能修好小牛四號！」喬拉在小笨貓的耳邊小聲建議。

小笨貓贊同地點了點頭。他注意到女孩兒腰間的鈕扣閃爍着紅光，看上去和小白雲的電量指示燈極其相似。他很想知道，突然消失的小白雲和女孩兒之間到底有什麼關係，便問道：「如果你有空，我們想請你……」

咔咔！拖車上的小牛四號突然晃動了一下。

小笨貓驚異地轉過頭，片刻後又自嘲般地聳了聳肩膀：「大概是幻聽，小牛四號已經完全報廢了。我們是想請你──」

咔咔咔！小牛四號再次發出了聲響。這次，其他三個男孩兒也都聽見了！他們紛紛交換着驚詫的目光。

「我可以幫你們看看它。」女孩兒自告奮勇地走上前，站在了小牛四號旁邊左右打量，準備拆卸金屬外殼。

轟轟！轟轟！鐵皮拖車上，小牛四號突然發出了巨響，身體也隨之搖動起來。小笨貓驚喜萬分地走到小牛四號的前方，發現顯示屏上竟然亮起了白光，上面飛快閃爍着碩大的警示語──危險！遠離！但狂喜的情緒沖淡了他心中的疑惑。

「小牛四號⋯⋯小牛四號啟動了！」小笨貓欣喜若狂地大喊。小小軍團的男孩兒們紛紛激動地圍到了小牛四號的周圍。

「我的牛寶寶實在太爭氣了！」彭嗙抱着小牛四號拼命地親着，弄得自己滿嘴都是黑色機油。

馬達開心得直抹眼淚：「難道⋯⋯是小白雲修好了它嗎？」

「我的閃電魚王號有伴了！」喬拉高聲歡呼。

然而，女孩兒卻在男孩兒們熱鬧的歡呼聲中陷入了沉思，新月般的眉毛緊緊擰了起來：「不可能⋯⋯這個機器人的動力系統已經完全報廢，怎麼會發動？」

「世界本來就處處充滿驚喜和意外，用不着事事都講道理！」小笨貓興奮地説着，跳上了駕駛座，高高舉起雙臂用力揮動着，「呦嗬——我沐恩總算否極泰來了！」男孩兒們萬分欣喜地用力吹着口哨，一齊歡呼。

小笨貓摁了一下中控台上的按鍵，卻毫無反應。接着，他又摁了一下機器人的關閉按鈕，依然沒有作用，小牛四號仍然在輕輕顫抖。小笨貓的笑容漸漸冷卻了下來。

「貓哥，怎麼回事？」喬拉好奇地問。

「中控台根本沒有啟動，所有的按鍵都無法使用。小牛四號是怎麼啟動的？」小笨貓感到疑惑不解。

　　女孩兒將手搭在小牛四號的身體上，準備進行更細緻的檢查。忽然，又傳來一聲震耳欲聾的響聲。小牛四號像被用力搯了一把的小牛犢，在大家的尖叫聲中猛地衝下了拖車，朝前跑去，留下一大團濃濃的黃色煙塵。

　　男孩兒們在煙塵裏猛烈地咳嗽着。

　　「貓哥，你去哪兒？快回來！」喬拉大聲喊道。

　　「不是我啟動的！小牛失去控制了！」小笨貓的身體幾乎躺在了駕駛座上，他驚慌失措地大喊，「報警！快報警！」

第 9 幕 · 結束

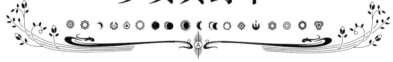

第10幕

少女與野牛

　　小牛四號像發瘋的野牛般在車流洶湧的馬路中央橫衝直撞。擦肩而過的各式車輛紛紛摁着喇叭，慌不擇路地避讓，或是升到半空中轉換行車軌道。

　　半空中，正在運送快遞的「蝶式無人機」和標記着「竹林風餐廳」外賣的「機器貓頭鷹侍者」，被紊亂的交通干擾了無線信號，撞到了一起——快遞紙箱內的日用品和餐盒內的有機食材散落一地。

　　幾個頭頂花草的苗圃機器人正蹲在路邊做綠化，看到小牛四號衝上花壇，嚇得趕緊跳起來，躲進了角落處的垃圾回收站裏。

　　一輛多功能環衛車恰好行駛過來，掃描到小牛四號，判定它為中型垃圾，便張開大口，想將它吸進拖掛的球形金屬桶中。結果環衛車吸力太猛，反而把行人的智能手環、智能雨傘、帽子、口罩和假髮全都吸了進去……

　　人行道上響起一片哭喊聲和叫罵聲。

　　「快！快停下來！」小笨貓終於緩過氣來，猶如大夢初醒般驚聲尖叫，驚慌得連呼吸都忘記了，五臟六腑彷彿擰成了一團。

　　小牛四號穿過花壇，繼續衝向十字路口。

　　此時，路中央的交通崗亭裏，一位螺栓造型的交警機器人接到舉報，立即伸長脖子和機械臂，喝令小牛四號停下來。

　　小牛四號發出鬥牛般的轟鳴聲，徑直撞斷了機械臂，繼續朝前跑去。交警機器人發出一陣刺耳的警笛聲。

　　小笨貓抬起智能手環，發現代表小牛四號的小機器人圖案已經被標記了一個碩大的紅叉。一段虛擬文字伴隨警示音彈出屏幕：

⚠ 機器人小牛四號的機主請注意，您已嚴重超速！請自覺停車，並繳納罰金 200 星幣！

他哭喪着臉，有氣無力地解釋説：「真的不關我的事！」

「笨貓！給我站住！」

突然，野原輝的喊聲遠遠地傳來。小笨貓轉過頭，發現哈皮軍團的男孩兒們正駕駛着野豬攔路者追趕他。

「輝哥，野豬攔路者搖搖晃晃的，好像不太對勁！」司明威大叫。

「少囉唆！」野原輝坐在最前面的駕駛座上，怒氣沖沖地説，「笨貓，你竟敢違章駕駛！我今天要替天行道——野豬攔路者，全速前進！」

小笨貓的注意力已經不在他們身上。在野豬攔路者前方，那個來歷不明的女孩兒，竟然正飛奔着追趕他和小牛四號，而且速度比野豬攔路者還要快。小牛四號似乎也察覺到了女孩，奔跑得更瘋狂了。

「啊，當心！」一聲驚慌的大叫，吸引了小笨貓的注意力。

一位年邁的婦人正動作遲緩地橫穿馬路，眼看就要

和小牛四號撞上了。

老婦人驚嚇得愣在了路中央。

「小心！閃開！」小笨貓大聲疾呼，一邊狂踩剎車，一邊拼命轉動方向盤。

在這千鈞一髮之際，一個敏捷的身影跳到了老婦人和小牛四號之間——是那個女孩兒！

小笨貓心頭一顫，用近乎嘶啞的聲音大喊道：「當心！快閃開——」

女孩兒輕吸一口氣，抬起了纖細的雙臂。

砰！

一聲巨響，小牛四號撞在了女孩兒張開的手掌上。她咬緊牙關，雙腳用力蹬着地面向後摩擦滑行，十秒後，竟奇跡般地將小牛四號阻攔了下來！

老婦人平安了。

兩個行人趕緊衝上馬路，攙扶着老婦人離開了，臨走前還不忘對着小笨貓破口大罵。

女孩兒鬆了一口氣。她敏捷地跳到小笨貓旁邊的副駕駛座上，開始檢查中控台。

她隨意摁了幾個按鈕，安靜下來的小牛四號像受到了驚嚇，開始激烈地扭動起來，幾乎要將小笨貓和女孩兒甩了出去。

「小牛！你瘋了嗎？到底怎麼回事？！」小笨貓氣

得大叫，他被瘋狂亂跳的小牛四號折騰得頭昏腦漲。

「呀！前面！」旁邊響起路人的驚叫聲。

小笨貓抬頭朝前方看去，發現一輛熟悉的滿載汽水的卡車正飛馳着朝他衝過來。

駕駛室裏，開啟了智能自動駕駛模式的司機潘叔正陶醉地聽着音樂，完全沒有注意到前面突然出現且已經失去控制的小牛四號。

「危險──快靠邊停下！」小笨貓拼命地喊，胡亂拍着中控台的按鈕，祈禱奇跡發生。

小牛四號仍然自顧自地用力甩動着身體，女孩兒死死地抓住安全扶手，才勉強沒有被甩出去，她腰間鈕扣上的紅光快速地閃爍着。

潘叔終於發現了小牛四號，驚慌失措地踩下了剎車。馬路上響起一片驚呼聲，人們的心都提到了嗓子眼兒。但笨重的大卡車仍然因為慣性，不管不顧地衝了過來。

畫面定格，空氣都彷彿凝固了。

「死定啦！」小笨貓抱着頭，絕望地發出了歌劇演員般尖銳的高音。

就在大卡車即將撞上小牛四號的一剎那，小牛四號彈性十足地高高跳了起來，直接跳上了大卡車的車頭，然後順着車身往前跑，最後跳下卡車，穩穩當當地落在了車

後方的馬路上。

馬路上迴響着刺耳的刹車聲。大卡車終於停了下來，距離追趕而來的野豬攔路者僅僅不到五米遠。

野原輝驚嚇得面如土色，茅石強和茅石壯變成了兩塊不會呼吸的大石頭，司明威則涕淚橫流，嘴唇不停地哆嗦着，野豬攔路者彷彿受到了更大的驚嚇，竟然嘩啦一聲，轟然散架了。

哈皮軍團的男孩兒們，連同一大堆零件一起重重地跌倒在了路面上，看起來就像一盤被打翻的混合沙拉。

一陣刺耳的警笛聲傳來，幾輛懸浮警車趕了過來。

警察們開始對肇事司機和哈皮軍團進行盤查追問。周圍的行人們也紛紛好奇地圍聚了過來，七嘴八舌地議論着。

在一片混亂中，小牛四號載着小笨貓和女孩兒在一個路口轉了個彎，朝338號沿海公路的方向跑去。

就在落霞鎮亂成一團之際，一艘巨型黑鯊戰艦猶如準備獵食的黑色野獸，靜靜地潛伏在漆黑的太空中。飛船身上的紅色燈影向四周的黑暗中緩緩暈染，猶如湧出火山口的熔岩一般。

宇文柏此刻正坐在昏暗的囚室裏，憂心忡忡地看着舷窗外。他虛弱而疲憊，凌亂的灰白色頭髮貼在髒兮兮的

額前。自從荒原海豚號遇襲後，他便一直被囚禁於此，與其他人失去了聯繫。他尤其惦記的是陳嘉諾，她帶着至關重要的生命源液半成品逃走，至今杳無音信。

唗！

囚室的機械艙門打開了，宇文柏警惕地站了起來。

奧茲曼緩步走入囚室裏，將手中一個盛滿食物的金屬器皿，遞到了宇文柏的面前。

「聽說你已經三天不吃不喝了。人類脆弱的身體，可禁不起這樣的損耗。」

宇文柏接過器皿，冷笑一聲，用力地摔在地上，熱騰騰的粥濺得到處都是。

「藥劑和刑罰無法讓我屈服，所以改用虛情假意了？無論你用什麼手段，我都不會和你一樣，淪為智能人的走狗！」宇文柏憤慨地說道。

「真正的自我發現，是從自我的迷失開始。」奧茲曼幽幽地說，目光中竟流露出一絲孤獨，「我的老朋友，越了解自己的人，就會對他人越有耐心。」

「我最後悔的事情，就是曾經把你當成最好的朋友！」宇文柏惱怒地喘着氣，「你失去了身為科學家的操守，把我們研發的沸點智能線圈改造成了武器！」

「我的老朋友。」奧茲曼在舷窗前坐了下來，語調平靜地解釋，「你看看腳下的世界，人類無限度地濫用

地球資源，破壞自然平衡。地球瀕臨崩潰，人類在自取滅亡。以你的智慧應該明白，我加入智能人的陣營，就是為了重塑這個世界的秩序——這並不違背一名科學家的初衷。」

「但你是以犧牲許多人的生命為代價的！」宇文柏咬牙切齒地説。

奧茲曼沉吟了片刻，堅定而又低沉地回答：「為了實現崇高的理想，難免付出必要的代價。」

「你這個……瘋子！」宇文柏的聲音因為憤怒而顫抖。

「我沒瘋，是你深愛的這個世界瘋了——」奧茲曼緩步走到宇文柏的面前，用亮起火紅色光芒的機械雙瞳，試探地打量着他，「老朋友，你一心提取生命源液，妄圖改進人類基因，從而讓人類進化成超凡人類，可你知道這樣做的後果嗎？」

「關於生命源液，我什麼都不知道，也什麼都不會説。你不必再枉費心機了！」宇文柏冷漠地回答。

「你讓我很失望。」奧茲曼輕歎一口氣，湊到宇文柏的耳邊低語，「生命源液的秘密——在你的學生陳嘉諾手中。」

「這麼説……你還沒有找到嘉諾？」宇文柏愣了愣，隨即放聲大笑起來，「哈哈！原來你也有束手無

策的時候——你的思維震撼波，效果只能持續一個月左右。嘉諾一旦恢復記憶，就會聯絡銀翼聯盟和星海騎士，保護好生命源液。你的計劃，終將是竹籃打水一場空！」

奧茲曼頭顱低垂，面部表情極其複雜。

思維震撼波的刺耳電流聲在囚室裏響起，宇文柏表情扭曲地捂緊耳朵，痛苦叫喊着跪在了地上。

「聰明的人，往往容易自以為是。」奧茲曼輕歎道。他抬起一隻手，掌心上方懸浮着一個藍色半透明全息影像——那是三個圓形的金屬環，正纏繞在一起緩緩旋轉。

「這是……沸點智能線圈！奧茲曼！難道你想破壞人類和智能人的停戰協議，挑起戰爭嗎？！」宇文柏怒不可遏地痛斥。

「戰爭？不需要。」奧茲曼冷漠無情地說着，緊緊地握起了拳頭。

霎時間，囚室內火光沖天，手無寸鐵的居民們被瘋狂的生化機械獸撞倒在地，踩踏撕咬。囚室內迴響着令人膽戰心驚的哀號聲和哭鬧聲。

宇文柏痛苦地閉上眼睛，不忍直視。儘管他知道，這只是全息影像，但他仍然感到痛徹心扉。

「時間的確不多了……陳嘉諾就躲在逾越森林附近

的某個小鎮。十天之內，我會拿到生命源液，並且使用沸點智能線圈控制逾越森林中的生化機械獸，發動一次規模空前的獸潮。你知道，我向來說到做到！」奧茲曼面無表情地瞟了一眼宇文柏，轉身離開了囚室。

他的身後迴響着宇文柏的怒吼：「奧茲曼——你這個叛徒！你一定不會得逞！你注定失敗！」

囚室的艙門完全合攏，阻斷了宇文柏的怒罵聲。

奧茲曼神情凝重地快步往前走，在一間特殊隔離室的透明玻璃窗前停了下來。

隔離室中，蒼白的燈光打在一間透明的無菌艙上，一名戴着氧氣面罩的少年正安靜地閉合雙眼。

他的面容極其俊美，但頭部以下的身軀已經大面積潰爛，浸泡在藍色溶液中。

無數螞蟻大小的微型醫療機器人忙碌地穿梭在他的身體裏，不停釋放着紫色電弧與各種藥劑，努力修復潰爛的器官組織，這儼然是一場與死神的競賽。

不斷響起的嘀嘀聲在隔離室中迴蕩，奧茲曼站在觀察窗外，陰沉的雙眼中竟閃過一抹柔光。他似乎有些控制不住自己，粗糙的雙手微微顫抖着貼上了觀察窗的玻璃，彷彿在隔空撫摸少年的臉龐。

「奧力，我的孩子！我一定會儘快拿到生命源液，將你從這無邊的黑暗中搶回來！」

阿嚏！

338號沿海公路上，小笨貓突然打了個噴嚏，腦海中不受控制地回放着一幕幕驚險的畫面——剛才只要稍有差池，他的小命就不保了，而且還會禍及許多無辜的人。

小牛四號彷彿也驚魂未定，斷斷續續地噴着一團團黃煙。它的動力顯然沒有剛才強勁了，速度也慢下來許多，身上的鐵皮和金屬零件一塊接一塊地掉落下來。

但它似乎還在「鬧情緒」。它突然急轉彎駛離338號沿海公路，拐進一個小岔道，並且故意挑選一條坑坑窪窪的泥沙路前行，甚至直接衝進碎石堆裏，鍥而不捨地想要把小笨貓和女孩兒甩出去。

「快停下來，小牛！前面是大海！」

眼看着距離海岸越來越近，小笨貓急得幾乎從駕駛座上跳起來。女孩兒凝神靜氣，突然從座位上跳下，一把抓住小牛四號的後部護板，竟然將它拽停了。小牛四號就像被揪住了尾巴的小狗，憤怒地用力甩動身體。

小笨貓被惡狠狠地甩下了駕駛座，跌坐在沙灘上。

他顧不得發麻的屁股，心急如焚地爬起來，想將小牛四號強行關機。然而，當他打開芯片插槽之後，卻驚訝得瞪大了眼睛——正如小白雲所説，插槽內部沒有芯片！

「奇怪……」小笨貓確認芯片插槽外部沒有裂痕

後，皺起眉頭思索起來，「明明沒有芯片，它剛才是怎麼
啟動的，又是怎麼跑到這裏來的呢？」

突然，芯片插槽亮起了炫目的銀光。

小笨貓的雙眼被亮光刺得緊緊瞇起，他完全沒有察
覺到，一個銀色光團趁機溜進了他的左眼裏。

一陣呼嚕聲在小笨貓的腦海中突然響起。他的大腦
不受控制地閃現出一連串詭異的畫面——充斥着各類垃圾
的幽暗湖底，猙獰的機械燈籠魚張嘴吞掉了小牛四號，一
條光蛇朝他飛快游來……

哐噹！哐啷！

接連的巨響聲令小笨貓從幻覺中恢復清醒，微微喘
着氣。他發現小牛四號身上的鐵皮、零件，甚至還有機械

臂、滾輪等，全都嘩啦啦地掉了一地——小牛四號徹底散架了！

「小……小牛！」小笨貓抱着機械臂大聲哀號，心也隨之碎成無數片。

「我很抱歉……但這不是我做的。」女孩兒吃驚地說着，走近小笨貓，想要向他解釋。

「走開！別過來！」小笨貓不受控制地大喊，腦海中恐懼的呼嚕聲焦躁不安地震天響起。

女孩兒吃了一驚，尷尬地愣在了原地。

小笨貓稍稍緩過神，深吸一口氣，艱難地從被呼嚕聲攪得亂糟糟的大腦中找回一絲理智：「抱歉，我剛才不是故意大聲說話，而是不受控制。我今天，很奇怪……」

「我很冒昧……但是……請問，你知道我是誰嗎？」女孩兒問。

「我還希望你能告訴我呢。」小笨貓揉着快要炸裂的頭，吃力地說，「剛才小白雲消失不見後，為什麼會變成你站在那裏？」

「……一片空白。」女孩兒皺着眉，憂鬱地搖了搖頭，「我什麼都想不起來，包括我的名字。」

小笨貓看着孤零零站在海風中的女孩兒，突然想起了不久前離家出走、舉目無親的自己，心底升起一絲同情。

「也許……我們也可以想想好的方面。至少你記得怎麼修理機器人，而且技術棒極了！」小笨貓用樂觀的語調安慰道，但呼嚕聲立刻尖銳地衝擊他的大腦，疼得他直齜牙。

「修理機器人……當時，我不自覺地就那樣做了……」女孩兒迷惑地望着自己的手。

「難道是本能？」小笨貓揉着頭，驚奇地望着女孩兒，「可惡，腦子裏的呼嚕聲到底是怎麼回事？如果小白雲在就好了，他多半會知道些甚麼。」

「下午好，沐恩。」小白雲低沉的聲音毫無預兆地響起。

「小白雲？」小笨貓嚇得往後跳。

這時，女孩兒腰間鈕扣上的一個圓孔內突然擠出一個白色的膠質泡泡，還不到籃球大小，而且很快又縮回了圓孔內。

小笨貓難以置信地望着女孩兒的鈕扣：「小白雲，你在用這個和我遠程通話嗎？」

「不，我就在鈕扣裏。」小白雲説，「我的能源即將耗盡，無法正常啟動。」

「小白雲，難道你只是一粒鈕扣？」小笨貓大惑不解，他感覺到和一粒鈕扣説話的自己蠢極了。

「白雲衛士其實是鴻鵠防禦盾，是靖海大學生命科

學系最新研製的XP型守護機器人。啟動後，能用特殊膠質將主人完整地包裹在內，提供全方位的保護。」女孩兒似乎想起了什麼，耐心地解釋道。

「主人？」小笨貓不敢相信地瞪大眼睛看着女孩兒，「難道你就是小白雲一直說的那個主人？我還以為會是個彪形大漢，或者是個古怪老頭，沒想到，居然是一個和我差不多大的女孩兒！」

女孩兒苦笑着歎了口氣：「我什麼都想不起了……」

這時，兩行全息文字突然從鈕扣裏飄了出來：

> 🚗 備用能源低於 0.1%。
>
> 即將關機。

「等等！小白雲，我……我還有很多問題想要問你！」小笨貓看着女孩兒鈕扣上發出的紅光，努力對抗着想要阻止他說話的呼嚕聲，焦急地大喊，「可惡，我的腦子裏亂糟糟的……總之，我沒有在尼古拉黑湖捕獲生命聖甲蟲，還遇見了吸鐵石，小牛四號為了保護我犧牲了！後來，我被一隻會變大的機械燈籠魚吞進肚子裏，然後遇見了一條光蛇，牠鑽進了我的眼睛……」

女孩兒吃驚地瞪大了眼睛，鈕扣上發出的紅光飛快閃爍着。

　　小笨貓憋着一口氣，繼續飛快地説：「我知道，你一定覺得我在胡言亂語，因為我也認為，這多半是在做夢！可是我現在變得奇怪極了——腦子裏有奇怪的響聲，總是想吃金屬，經常失憶，有時身體也不受控制！還有，小牛四號沒有芯片，卻死而復生！就連小白雲你也不見了，變成了這個神秘的女孩兒……」

　　「沐恩，這不是夢……」小白雲的聲音越來越微弱，他幽幽地回答道，「另外，賞金獵人軟件顯示，你已經捕獲了生命聖甲蟲。」

　　海灘上陷入一片死寂，只有風聲和海浪聲在交替迴響。

　　「你説什麼……這不是夢？你的意思是，那條光蛇真的存在？」小笨貓震驚得滿臉通紅，聲音幾乎扭曲了。

> 🚗 備用能源低於 0.01%。
>
> 正在關機——

　　兩行全息文字快速閃過，繼而馬上消失了。

　　「等等！小白雲！」

　　女孩兒鈕扣上的紅光熄滅，小白雲不再説話了。

　　小笨貓難以置信地睜大眼睛，大口喘着粗氣，意識陷入迷茫與震撼的漩渦裏。小白雲説這一切並不是夢，難

道，他真的遇到了光蛇，並且那條光蛇此時就在他的身體裏？！

海風吹來一絲緩蝕劑的味道，小笨貓的腦海裏再次響起呼嚕聲。小笨貓突然想起光蛇出現時的景象，牠似乎很害怕緩蝕劑，他頓時感覺渾身發冷。

「生命聖甲蟲……」女孩兒皺起了眉頭，陷入沉思。

「你知道？」小笨貓問。

女孩兒猶疑片刻後，輕輕地搖了搖頭。

「算了……我現在的心情糟糕透了……還是先回農場休息一下……」小笨貓筋疲力盡地說，「我已經聯繫了駱基士警長，他一定會幫你，還會送你回家。我還要想辦法把小牛四號拉回去。那麼……我先告辭了！」

小笨貓腦海中的呼嚕聲越來越大了，似乎也在催促他趕緊離開這裏。他心煩意亂地朝女孩兒揮了揮手，轉身朝沿海公路的方向走去。

然而，小笨貓沒走幾步，他手腕上的智能手環就發出了一串提示音：「由於您違背了與白雲衛士簽署的『機器人臨時看護協議』，賬戶已自動扣除違約金：1星幣！」

小笨貓驚訝地抬起手腕，發現屏幕上的小機器人虛擬影像正舉着一枚金幣，而那枚虛擬的小金幣眨眼間便在

空氣中化作了無數粉塵。

「這該死的協議還沒有終止嗎？」小笨貓幾乎要咆哮了。

「『機器人臨時看護協議』，只有簽署雙方共同確認，才能解約。」女孩兒遺憾地朝小笨貓聳了聳肩。

「你讓小白雲出來，我們修改協議！」小笨貓焦躁地說。

那麼……

我先告辭了。

−1
−1
−1
−1

「他關機了。重啟需要購買能源包。」女孩兒低頭看了一眼鈕扣，「……最便宜的也要6萬星幣。」

小笨貓的心都被揪起來了，他不信邪地又邁出一步。

「叮咚！您的賬戶已自動扣除違約金：1星幣！」

小笨貓頓時感覺心如刀絞。

他沉思了兩秒鐘，朝女孩兒的方向走了兩步……

「叮咚——您的賬戶收入2星幣！」虛擬小機器人大叫，屏幕上綻放起兩朵小禮花，並播放起熱烈的掌聲和歡呼聲。

小笨貓的臉色變得慘白，這個協議簡直就是一個可怕的霸王條款！他絕望地看了女孩兒一眼，一咬牙一狠心，轉身邁開腳步不顧一切地飛奔起來——他跑遠一點兒，說不定協議就失效了！

「叮、叮、叮、叮咚——叮咚——」隨着小笨貓的腳步，虛擬小機器人急促地尖叫着，「您的賬戶已自動扣除違約金：1星幣！1星幣！1、1、1星幣——」

扣款的提示音有節奏地響着。小笨貓像是被怪獸追趕着一樣，一邊慘叫，一邊在夕陽下的海灘上奔跑，他甚至沒注意到前方有一個積滿了泥水的坑，一腳踩了上去。

「叮咚！叮咚——請注意！您已破產！您已破產！

如不立即恢復個人信用，您的銀翼聯盟帳號將被永久凍結！」

一分鐘後，虛擬小機器人的尖叫聲終於讓小笨貓停下了腳步。他氣喘吁吁地看了一眼智能手環，虛擬機器人高舉着一個鮮紅的數字——0！小笨貓的眼淚都流出來了。

「可惡！到底為什麼要這樣對我？！」他轉過身，暴跳如雷地沿着原路朝女孩兒的方向跑去。

然而，小笨貓越接近女孩兒，他腦海中的呼嚕聲便越響亮，到最後簡直就像在大聲咒罵。小笨貓拼命控制住想要轉向的身體，繼續朝前跑——因為他手腕上的智能手環正在不停發出悅耳的金幣碰撞聲：「您的賬戶餘額又增加了1星幣！1星幣！1星幣……」

雖然呼嚕聲吵得他頭疼，但總比辛苦掙來的星幣全都沒有了、連帶銀翼聯盟的帳號被凍結要好！

當小笨貓再次氣喘吁吁地站在女孩兒面前時，賬戶餘額終於回到了原來的數字，並且追加了1星幣作為「獎勵」。

小笨貓長長地舒了一口氣。

然而，讓他驚奇的是，在短短的時間內，女孩兒竟然將支離破碎的小牛四號組裝好了一小半。小笨貓欣喜地睜大了眼睛：「你太厲害了……沒有人能在這麼短的時間

內，將散架的機器人拼裝好。」

「這對我來說，好像並不困難。」女孩兒一臉淡然地微笑着說。

「我答應過小牛四號，就算它壞了一萬次，我也會修好一萬次。」小笨貓腦海的呼嚕聲幾乎已經在咆哮，他努力讓自己保持清醒，「你……你能幫我嗎？」

女孩兒點了點頭，臉上露出一個燦爛的笑容，整個海灘都變得明亮起來。

小笨貓看着女孩兒陽光般的笑容，艱難地深吸一口氣，拼命與腦海中翻江倒海的呼嚕聲抗爭，憋得滿臉通紅。最終，小笨貓的意志佔據了上風，這讓他十分開心，要不然以後相處起來還真是頭疼。

他就像溺水者終於從水面冒出頭似的，大口喘着粗氣，叫喊了出來：「那麼……你……你跟我走吧──小白雲！」

「小白雲？」女孩兒困惑地歪着頭。

「既然為白雲衛士舉辦小小軍團入團儀式的時候，你和他在一起，按說，你也是我們中的一員。不如就沿用他的團名吧。」

小笨貓說完，宛如鬆了一口氣般轉過了身。這時，一張橫眉豎目的胖乎乎的大臉毫無徵兆地躍入了他的眼簾，嚇得他大叫一聲，跌坐在了沙灘上。

「駱……駱基士警長？」

「好啊，小笨貓！我前腳剛幫你了結完私闖尼古拉黑湖的事，你後腳又闖禍！」駱基士警長叉着腰，滿臉怒氣地瞪着小笨貓，手中拿着一個在路上撿到的小牛四號的金屬零件，臉頰上的肥肉因為惱怒而在不停地顫抖，「別以為你打電話自首，我就會睜隻眼閉隻眼！你危險駕駛，危害公共安全！現在，跟我回警局去！今天必須給你個教訓！」

「警長，請聽我解釋，我不是故意的。」小笨貓驚慌失措地連連後退，「這真的是個誤會！」

然而，駱基士警長二話不說地走上前。咔嗒一聲，一副魚形的電子手銬扣在了小笨貓的手腕上……

ADOORAKI

《阿多拉基 3 消失的羽翼》完

更多精彩，敬請期待。

精彩下冊預告

新地區
解鎖
－競技場－

危機四伏！
綠礁石盆地失守！獸潮即將來襲

新事件
解鎖
－攻防－

吹響號角！
銀翼聯盟挑戰賽！勁敵登場！

從今天起
我就叫你阿多拉基！

小鎮少年
大危機！

偷偷摸摸……

阿多拉基 4
擁抱潮汐的海灣

☆☆☆☆☆ 超級無敵宇宙最強大鋼鐵牛魔王，誕生！ ☆☆☆☆☆

恰逢新學期伊始，小笨貓卻得了怪病！從尼古拉黑潮死裏逃生的小笨貓不但得了嗜睡症，還終日夢遊吃鐵，大鬧英才學校，與野原輝矛盾升級。在神秘失憶少女小白雲的幫助下，老沐茲恪破格允許小笨貓參加銀翼聯盟比賽，新世界的大門即將開啟……

偷偷摸摸……

即使會成為夢想廢墟中的一堆爛鐵，我也要戰鬥着倒下！

附錄

小笨貓大百科連載

大冒險家的未來日誌 3

利爪傭兵團已經抵達廢鐵鎮！在尼古拉黑湖的烈焰與廢墟之間，冒險家們將與星域生物和智能人展開新的戰鬥。趕快加入我們，開始新的冒險！

附錄內容涉及劇透，建議讀完正文後再翻看，閱讀體驗更佳。

驚為天人！

輝哥，你居然會説成語了！

我是第一次看到……不，是第二次看到野原輝露出如此諂媚的模樣，上次還是他面對「小櫻花」的時候。

我感覺，這位小姐姐不是普通人。

天降女武神從哪裏來？

在我和野原輝的爭奪拉扯中，白胖子突然被閃耀金色火花的光團包裹。雪花落下，一位美麗的小姐姐從光團中走了出來。

抱歉，我好像失憶了。但，修理機器，我似乎很擅長。

黑十字星

陳嘉諾

為保護生命源液不被智能人搶奪，乘坐扭蛋艙逃生。遭遇思維震撼波襲擊，目前處於失憶中。

什麼，離開她就要扣除違約金？

男孩兒的直覺告訴我，她是個既神秘又危險的人物！

告辭了！

啊！

她是誰？

小小軍團的第一名女團員駕到！

大冒險家的 未來日誌

絕密檔案 ｜ 陳嘉諾

荒原海豚號

星際科考船。在執行絕密科研任務時遇襲。

生命科學界的天才少女

世上少有的能完成生命源液提取、長時間操作S級難度實驗的超級天才，年僅13歲。專注力和體能超羣。

－戰鬥影像記錄－

生命源液

關係到智能人和人類的進化之爭，是能增加人類進化概率的重要物質。

正義也許會遲到，但絕不會缺席。

智勇雙全的黑十字星

經過專業訓練的她，並不像外表那麼柔弱，有單獨迎敵的武力和勇氣。她擁有的十字星盾戰甲，連猛烈的電磁攻擊都很難穿透。小小年紀便取得了飛行執照，在逃離智能人追擊的過程中，派上了大用場。

－戰鬥影像記錄－

我的使命是保護生命源液！

呼呼……

陳嘉諾駕駛扭蛋艙逃生，遭遇攻擊，扭蛋艙墜落。這個從天而降的扭蛋艙，砸壞了小牛四號。而從其中出來的氣球人，就是白雲衛士。

密閉保護裝置

推進器

環境內控和生命保障系統

揭祕 扭蛋艙剖面圖

白雲衛士從哪裏來？

白雲衛士是鴻鵠防禦盾 XP 型守護機器人，儲存在黑十字星腰間的鈕扣中。在主人遭遇生命威脅時能自動啟動保護機制，提供安全保障和修復服務。

♫

陰晴不定的危險武者

在綠眼睛的和平模式下，他總是練着修身養性的胖氏瑜伽，一副怡然自得的模樣；一旦監測到危險，他的眼睛和頭頂的全息文字就會變成紅色，向敵人發射激光炮，破壞力極大。

現在變成了一粒鈕扣

因能源不足，白雲衛士現在無法正常啟動，變回了陳嘉諾身上的鈕扣。關機前，他鎖定了個人資料，讓失憶的陳嘉諾無法確認自己的身分。

不省人事的白雲衛士 →

大冒險家的 未來日誌

不把自己當外人的白胖子日常

從相互排斥到友愛入團！

紅燈！危險！令人頭疼的麻煩製造者！

綠燈！安全！溫暖貼心的超強力伙伴！

差點兒撞上我

從天而降的白雲衛士讓我差點兒沒命，小牛四號也被撞成了重度傷殘。

陪伴傷心的我

當下最受小孩歡迎的保姆！能當溫暖抱枕，能變白胖熱氣球，還能吸滿水變成打掃時的自動灑水機。

對峙小小軍團

伙伴們看到幾乎又變成廢鐵的小牛四號，咆哮着向白雲衛士討公道，立刻被視為危險人物，險些被消滅！居然有比野原輝更不講理的傢伙！

帶我去月光街

大開眼界！這是我第一次感受到使用信用卡的尊貴體驗！

懸賞
+50,000星幣

鎮上購物花我的錢

白雲衛士堅持用5星幣點了一杯「心痛的感覺」飲料，居然是白開水！

白雲衛士是小小軍團的重要一員！

一起做星幣任務

白雲衛士給小小軍團下載了「賞金獵人」的打工軟件，裏面除了性價比極低的零工之外，還隱藏着重大懸賞任務！

灰熊！你胖得連框都套不進了嗎？你擋住我了！

幂砂
類別：女性智能人
特技：隱身術

爆狐
類別：男性智能人
特技：持續戰鬥力

灰熊
類別：男性智能人
特技：金屬錘

遊蕩在星球大陸的暴力愛好者

毀滅和混亂，就是利爪傭兵團的樂趣所在。瘋狂作案的他們，已被星洲警察總局列入通緝名單。

裂變蟲-K97
奧茲曼博士開發的機械蟲羣。無數機械蟲組合起來，可飛速吞噬一架智能戰機。

奧茲曼
對人類懷有敵意並聽命於智能人帝國，僱傭利爪傭兵團，追捕陳嘉諾，想奪取生命源液。

爆狐 一點就炸的隊長

利爪傭兵團

幂砂 智慧擔當

灰熊 力量擔當

＊來自白雲衛士料庫。小笨貓前還沒有洞悉這些情況。

204

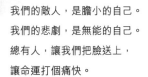

大冒險家的 未來日誌

絕密檔案 | 利爪傭兵團

我們的敵人，是膽小的自己。

我們的悲劇，是無能的自己。

總有人，讓我們把臉送上，

讓命運打個痛快。

這一點，讓我們充滿憤怒。

嘿！我們用最原始的力量，

嘿嘿！來掠奪最文明的公正！

——摘自《利爪傭兵團法則》

各位，今天適合鬧些大動靜！

← 利爪傭兵團的裝備很強大，不像是普通傭兵團能得到的武器。

他們不是在作惡，就是在去作惡的路上！

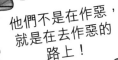

我被利爪傭兵團追擊了！

從我在逾越森林撿到白雲衛士開始，似乎一直有股受僱於智能人的神秘力量，對我進行追捕。他們看上去，可絕非善類。

他們的目的究竟是什麼？

我也是道聽途説來的。聽説利爪傭兵團襲擊了新京海市的科考飛船，有一位厲害的科學家因此下落不明，星洲警察總局正在緊急搜救中。這背後一定不簡單！

↑ 這羣壞蛋，走到哪裏，就破壞到哪裏。

沸點智能線圈的可怕陰謀

失去耐心的奧茲曼博士，以及不甘心只當平庸反派的利爪傭兵團，正在醞釀新的大陰謀！

錯不在我，是主角太厲害！

逾越森林全息影像

追擊失敗！大風大浪中總翻船……

利爪傭兵團受僱於奧茲曼博士，他們追捕黑十字星陳嘉諾失敗，還把吸鐵石弄丟了……臭名昭著的他們其實很兇悍，但是完全被主角光環滅殺了。

奧茲曼的全息影像

怎麼？不但任務失敗了，還鬧出了大動靜？想糊弄我嗎？

這次狩獵，絕不再失手！

計劃升級！沸點智能線圈是什麼？

利爪傭兵團打算利用的沸點智能線圈，是人類研發的一種最新科技，能擾亂生物的腦波並控制他們！

↑ 在尼古拉黑湖，利爪傭兵團看到鋼鐵巨人出現，趨利避害地躲開了。

哼，但願不用再懲罰無能的你們。

大冒險家的未來日誌

藍色金屬鐵環

越來越多的機械獸身上出現了藍色金屬鐵環殘件。這是什麼？

人類，渺小如塵埃。在宇宙這片黑暗叢林，能捍衛地球的，終將是智能人！

雲豹突擊隊

駐守綠礁石盆地的一支突擊小隊，被空襲而來的利爪傭兵團打敗。

陰謀來襲！地球到底屬於誰？

奧茲曼博士打算利用沸點智能線圈控制被輻射波刺激後的機械獸們，製造獸潮襲擊廢鐵鎮，在星洲點燃戰火！

利爪，利爪，勝利在握！

蠢蠢欲動的智能人帝國

從裂變蟲K97入侵廢鐵鎮，到利爪傭兵團加入追捕陳嘉諾，奧茲曼博士對生命源液志在必得！

咕嚕咕嚕……

小笨貓英雄事件簿

我相信，裂變蟲 K97 一定是世上最難對付的機器人！它不但打不壞，還總是能變換形態捲土重來。

變形 1

割草機器人

在稻草堆農場，裂變蟲K97發動了首次攻擊！除草剪刀居然像開到最大擋的風扇葉一般，在我們眼前瘋轉！幸好我躲得快，但可憐的馬達，就這樣被削掉了……頭髮！

裂變蟲K97能夠聚集金屬物，入侵和控制機械物，發動襲擊！

變形 2

四不像機器人

古物天閣裏，巡邏機器人CE-6被入侵，變成了機械怪物！我起初還錯認為是爺爺製造的最新惡趣味升級版本。記住，攻克它們，需要持續噴射酸性物質！

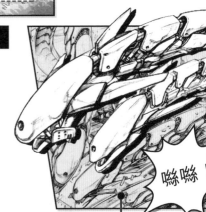

嗦嗦！

太……亂了！

變形 3

↑主角光環一定會保佑我！

海上機械巨獸

我是誤入科幻大片片場了嗎？一隻巨大如山巒的巨蜥，在我眼前衝出了海面！裂變蟲K97居然一路追擊，到了月光街！迫不得已，我只能選擇跳入海中。

大冒險家的  未來日誌

小笨貓「奪路而逃」計劃
—— 在這裏可以申領到星幣！

① 幂砂的追擊！
逃離智能陷阱

我被幂砂的陷阱困住了，只有打開智能鎖，才能逃脫。你能幫我嗎？

提示：左上角開始，一筆不重複地點亮每個按鈕。

> 訓練類型：邏輯力
> 訓練獎勵：1 星幣

迎擊利爪傭兵團的挑戰！

我總和利爪傭兵團不期而遇，他們似乎誤會了什麼，我根本不知道他們要抓捕的黑十字星是誰！

② 灰熊的追擊！
離開第2層

轉動手柄，讓電梯上行，我才能逃離灰熊的追擊。我該怎樣轉動手柄？

提示：從電梯上行入手，逆向思考啊！

> 訓練類型：觀察力
> 訓練獎勵：1 星幣

③ 爆狐的追擊！
飛梭疾速追逃

小笨貓正在駕駛飛梭逃跑！每秒10米的速度，會在3分鐘後被追上；加速到每秒15米，會在4分鐘後被追上。小笨貓至少要跑多快，才能不被追上呢？

提示：我至少要跑得跟爆狐一樣快！

> 訓練類型：計算力
> 訓練獎勵：1 星幣

→答案見頁 217

探秘！燃燒的尼古拉黑湖

冒險者遠征課堂！

警告！特別警告！

嘿，聽我説！這一次的探險可不同以往，我們要進入的可是尼古拉黑湖——逾越森林中最危險和奇妙的地方。你準備好了嗎？

黑湖由來

A級禁區。在人類與智能人的戰爭中，天降隕石，砸出巨坑，形成了尼古拉黑湖。

危險傳説

遠近聞名的惡魔湖，還有輻射變異怪、星洲政府秘密試驗場等各種傳説！

黑湖探險第一課
最神秘和危險的區域

尼古拉黑湖附近有許多戰爭遺骸，高輻射礦石和一直燃燒的黑焦油湖面讓這裏污染嚴重。前往那兒，務必身穿C規格以上防護服，或者乘坐白雲衞士傾情贊助的光腦儀！

居然還有這樣的地方！

白雲衞士的考驗 1

神出鬼沒的生命聖甲蟲

為了尋找生命聖甲蟲，我們來到尼古拉黑湖，之前的任務領取者們留下了3條線索和4張手繪草稿。哪張生命聖甲蟲手稿，是正確的呢？

● 線索1：生命聖甲蟲有鹿角狀的觸鬚。
● 線索2：生命聖甲蟲有象鼻狀的嘴巴。
● 線索3：生命聖甲蟲的第二對足最長。

訓練類型：觀察力
訓練獎勵：1星幣

→答案見頁217

大冒險家的未來日誌

絕密檔案 | 尼古拉黑湖

咕嚕……

咕嚕咕嚕……

我有不好的預感!

黑湖探險第二課
隱匿在黑暗中的怪獸

現在,讓我們穿過湖面,抵達與世隔絕的幽深湖底。湖底生物已經發生了機械化變異。千萬別亂動,屏住呼吸,否則,會遭到滅頂之災……

吞噬場面

我們希望機械燈籠魚吞噬小牛四號的場面能給大家留下深刻印象。

機械燈籠魚

突然從黑暗中游弋出來的怪獸,有着鐵齒鋼牙,通過吞噬金屬垃圾,變得越發巨大。

白雲衛士的考驗 2
尼古拉黑湖的主人

據說尼古拉黑湖最大的秘密,就隱藏在下面這首口口相傳的歌謠中。試着揭開它的秘密吧。

光芒照耀在了漆黑的湖面,
驅散了象徵混沌的街尾蛇。
真相的奧秘隱藏在了開頭與結尾。

訓練類型:推理力
訓練獎勵:1 星幣

→答案見頁217

－鋼鐵巨人·壹－

已知數據

身高：40-50 米
成分：90% 有機金屬
出現原因：帶沐恩離開黑湖

特徵

能抵擋常規物理攻擊，拳頭能砸出
5米深坑。無法長時間維持形態，
能量耗盡後就會散成一堆碎片。

光蛇·機械燈籠魚形態

遠古的存在

光蛇

在尼古拉黑湖深處，我遇見了從未遇見的
星域生命體。據説，牠在億萬年前就已經
降臨地球。我和牠，有兩個小秘密……

分裂

沐恩2.0

-壹-

-零-

抑制毒素

日常保護

-沐恩-

→ 壹和零這裏代指
的是二進制中的
1 和 0 兩個數字。

大冒險家的未來日誌

和光蛇的宿主契約

零？壹？

掉入尼古拉黑湖的我，為了保命，用生命聖甲蟲緩蝕劑對抗光蛇。我最終同意光蛇寄居在我的左眼，分裂成零和壹，達成了契約。

宿主寄生契約

❶ 不與宿主沐恩爭奪身體控制權。

❷ 壹用於抵禦侵蝕身體的緩蝕劑。

❸ 零負責日常覓食和保護宿主。

❹ 若要使用壹的能量，須將部分身體控制權交於壹接管。

那是誰？

← 光蛇讓我看到一場驚心動魄的影像——是人類和智能人的戰爭歷史。

零與壹截然不同

給我到處添亂的零

真正力量的擁有者壹，像個上年紀的自戀老古板。但零卻像一個剛出生的寶寶，幼稚呆萌，常常趁我不注意，用我的嘴偷啃金屬！

```
1+0+1-1-1-0+1
1+1-1+0-0+1-1
0+1-1+0-1+1+1
1-0-1-0+1+0-1
1-1+0-1+1-0-1＝？
```

天哪！

白雲衞士的考驗 3

小小軍團最愛誰？

小小軍團收到了一封署名為「你最愛的」發來的電子郵件，打開後，手環屏幕上出現了一串算式。你能解開寄件人想説的話嗎？

訓練類型：觀察力　訓練獎勵：1星幣

⇒答案見頁217

你們選擇了不同的道路。

發現忘帶裝備。

✖ 回到起點！

背上行李，出發！

進入森林遇到友好野獸帶路。

〇 前進1格！

5

注意！前面星幣訓練和懸賞任務共計6道，每答對1道可以領先1格。算算你真正的尋寶起點在哪裏吧！

7

逾越森林秘寶尋蹤

邀集幾個小伙伴，一場跨越時間的冒險即將開始啦！

偌大的逾越森林中還有許多拾荒者尚未涉足的寶地，傳説那些地方掩藏着數不清的礦藏和神奇的精靈怪。

還等什麼，帶上你的機甲、乾糧和防輻射服，跟你的同伴一起深入森林，看看誰才是第一個找到指定寶藏的人吧！

快塗上機油，趕走毒蜘蛛！

20

21

19

9

通過擲骰子來決定前進的步數，比賽誰先抵達終點！

骰子

18

被蛛網纏身。

✖ 暫停1回合！

11

12

野豬惡集地，請小心！

17

14

13

發現懸崖石橋。

〇 前進2格！

16

214

26

27

掉入地陷洞穴。
✖ 後退1格！

抵達永恆燃燒着火焰的巨坑。

25

29

23

30

瑞急的，你只擇跳下

紫營過夜。
✖ 暫停1回合！

32

天空之樹到了。

33

恭喜找到了森林深處珍貴的螢石礦，它將給你帶來一大筆財富！但你依舊要保持警惕，因為當你離開逾越森林的時候，那些生化獸依舊對你虎視眈眈……

36

35

快跑！有人來偷東西了！

終點

遭遇食人魚。
✖ 後退2格！

寶藏就在前方！

38

39

40

發現廢棄礦坑捷徑。
⬤ 前進1格！

42

專屬萌寵徵集！結伴上路！

畫出你最想要的專屬生化機械寵物！

在神奇的星洲大陸上，動物已經進化出了機械的身體，飼養生化機械獸也成為一種風潮。還等什麼？快在下面空白的地方釋放你獨一無二的想像力吧！

生化機械獸名稱：

飼養方式：

特殊能力：

《大冒險家日報》作為正式內部流通刊物，內容無所不包。唯一的共同點就是，一起聊聊和「阿多拉基」有關的事情！這次，我們向全宇宙募集少年英雄，以及你專屬的生化機械伙伴！

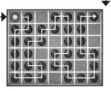

答案

幕砂的追擊

逃跳路線圖如下：

起點 終點

灰熊的追擊：A方向。

爆狐的追擊：每秒30米。

白雲衛士的考驗1　神出鬼沒的生命聖甲蟲：4

白雲衛士的考驗2　尼古拉黑湖的主人：光蛇

白雲衛士的考驗3　小小軍團最愛誰：「0」

（由於屏幕限制，數字「10」和「11」意外被分在了兩行！看來，零在強調自己才是小笨貓最重要的人。）

星幣獎勵

《阿多拉基》製作團隊人員名單

製作人……………………………雷　鑄

繪製
原畫繪製…………………………葉俊人
彩色繪製…………………………林　勃
單色繪製…………………………樓奕東
　　　　　　　　　　　　　　　丁　睿

彩色襯紙…………………………周莎莎
單色扉頁…………………………趙思穎

設計
欄目設計…………………………樊佳一
美術設計…………………………雷　鴻
　　　　　　　　　　　　　　　劉厚松

策劃………………………………劉　偉
品牌運營…………………………謝　燕

文案助理……沈潔純　李曉露　秦嘉琪
　　　　　　倪　玥　蔣達興　馮佳逸
　　　　　　周　丹　王詩慧

繪製助理……李文耀　陸琲卿　周　琳
　　　　　　馬思凡　池雙雙　董嘉煒

協力…………譚天曉　曹之一　申子江
　　　　　　楊天宇　李仕傑　蔣斯珈

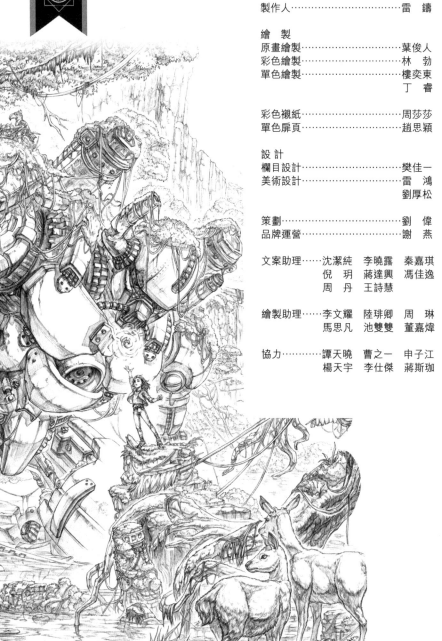